从北向南

From the North to the South

（第二版）

山豆 著

SPM
南方出版传媒
广东人民出版社
· 广州 ·

图书在版编目（CIP）数据

从北向南 / 山豆著. —2版. —广州：广东人民出版社，2021.6
ISBN 978-7-218-14553-2

Ⅰ. ①从… Ⅱ. ①山… Ⅲ. ①中国文学—当代文学—作品综合集 Ⅳ. ①I217.2

中国版本图书馆CIP数据核字（2021）第077351号

CONG BEI XIANG NAN
从北向南（第二版）
山豆 著

出 版 人：肖风华

责任编辑：陈其伟
装帧设计：友间文化
责任技编：周星奎

出版发行：广东人民出版社
地　　址：广州市海珠区新港西路204号2号楼（邮政编码：510300）
电　　话：（020）85716809（总编室）
传　　真：（020）85716872
网　　址：http: //www. gdpph. com
印　　刷：恒美印务（广州）有限公司
开　　本：889毫米×1194毫米 1/32
印　　张：9.75　**字　数**：203千
版　　次：2021年6月第1版 2021年6月第1次印刷
定　　价：42.00元

如发现印装质量问题，影响阅读，请与出版社（020-85716849）联系调换。
售书热线：（020）85716826

生命是一条忧伤与温暖交织的河流

（第二版自序）

《从北向南》自选集自2017年12月由广东人民出版社出版至今已有3个年头。我从内蒙古鄂尔多斯准格尔迁居广东已有23个年头。《从北向南》出版后这3年我又断断续续地写了一些文字，因市场缺书且出版社又有重印的意向，于是便进行了这一次的修订，有了现在的《从北向南（第二版）》。借着修订此书的机会，我又重新细细品读了自己30年来写下的这些文字，通过自我阅读，更加印证了自己喜欢写作的原因：不求在文学创作上取得多大的成绩，只求用文字记录自己的生命历程和心灵感悟。文集中不论是小说、散文，还是诗歌，或者是信手拈来的一篇小短文，其实都是当时生存境遇、心灵体验的一种真实写照。正是这些文字，让我有机会反观自己50多年来的点滴生活、关键选择、心理定势与价值取向。加之由于本职工作的需要，我曾写下了百余篇的论文，出版了数十本的医院管理专著与编著，翻阅这些文字，一名少年埋头苦读，一名青年口若悬河，一名中年良久沉思，一名秃顶的先生游走四方的形象跃然纸上。感谢曾经的自己未曾虚度光阴，感恩这些文字留下了真切的记录。如果生命是一条认准了方向就昼夜不停地缓缓流淌的小河，那么我们或是一叶轻舟自由飘荡，或是一块鹅卵石潜入河底，或是一粒沙石随波逐流，或是一滴水悄无声息，不管是什么，我们曾与众不同，活出了自己，活出了个性，对于人生而言，有此便足够了！

2020年，是人类历史上一个非常特别的年份。对于我，也是尤其特别的一年。

2020年上半年，因为疫情原因，女儿先是想尽办法从英国回来，下半年正待准备启身前往，则遇上伦敦"封城"，中英停航，博士学业无奈中断，只好留在广州的一所大学教书。

2020年下半年，母亲在中秋节的前一天离世，这让我无比伤痛。记不清有多少次坐在飞机上，躺在出差入住酒店的床上，或是在某个瞬间，想起50多年来母亲所给予我的慈爱、温暖与关怀，让我突然感觉自己失去了最强大的情感依赖和精神滋养。12年前父亲离世，在他生病离世的前几年，我也是每天都提心吊胆，生怕他在某一天、某一瞬间突然离去，但最终我也仅仅陪着他度过了生命中的最后24小时。当我的父辈们只能成为我生命里的记忆，当我成为整个家庭里最老的一代人，回过头再想想父母、子女，以及其他的亲人，也只能在人生的旅程中相伴相陪，最亲密地走过那么一些岁月，彼此间或亲或疏，或近或远，或短或久，都是一种缘分和造化。

截至目前，我所创办的景惠医院管理咨询机构，已经运行了10余年，经过整个团队的共同努力，现在已经有了一定的市场份额，在管理上我付出的心思和精力越来越少，专心地做一些思考与写作的事。从1990年参加工作到现在，30多年来事业上几乎无任何阻碍，总是遇到那么多欣赏我的人和我欣赏的人，通过脚踏实地做事，我在一定程度上实现了自己的初心与使命。事业的顺遂，家庭的和睦，让我的生命更加充实而多彩。我要感谢全国各地那些志同道合的医院管理者，是那些为医院管理事业而奔跑的朋友让我懂得了什么是良知，什么是正义，什么是梦想，什么是坚守，什么是友谊，什么是无以言表的感动与激励，所有这些都凝聚成了我20年来能够寂寞地坚守这份事业的内心动力和精神源泉。我要感谢我的家人，是你们的欣赏和支持让我义无反顾地完成了医院管理的研究、写作、咨询与教学。本书中的一些文章也正是为这些曾经的心路历程而写下。

在本次的修订中，小说部分未做改动，散文和诗歌部分均有篇幅增加，评说山豆卷不再收入。所有作品均缘自1990年至2020年这30年间的创作，这些文字里有我曾经的迷茫、悲伤、喜悦、收获、兴奋乃至得意，正是这些文字能够让我记得住当年，忆得起过往，感谢这些文字为我的人生作证，为我的生命添彩。

2020年由于讲课和咨询的缘由，我有许多时间是在故乡鄂尔多斯度过的。紧张的工作之余与许多从事文学创作的老友们进行了相聚，看着他们这些年来或一头扎进文学著作等身，或创办实业造就了明星企业，尤其是他们说会经常想到我，谈到我，这种丝丝缕缕的精神联系让我感受到了文学和友谊的温暖与价值。有此，余生里或许会用更多的时间行走、阅读与写作。

1998年初到广州，我曾写了一篇《一路向南》的短文，文中有一句："哪怕30年以后再对故乡说一声：你的儿子回来了！"我当年的豪情在今天可以说丝毫不减，但父母已不在，此故乡已非彼故乡。我曾经居住过的村庄因为开发露天煤矿已经全部被夷为平地，从地理概念来说，我的故乡已经消失得无影无踪。故乡，自此只能是我的一个心灵符号和精神家园。

本书的出版，是对已逝父母的思念！亦是对亲人们的祝福！对朋友们的祝愿！

2021年2月1日于广州珠江帝景紫龙府

生命只是一次远行抑或告别

（第一版序言）

2017年，我与故乡准格尔又做了一次深情的“告别”。这一年，我50岁。

女儿楚楚在英国读完本科、硕士后，她的母校华威大学商学院录取她攻读博士学位，她将又一次开启人生的远行。当年我就是在父母无尽的不理解和忧伤中背对故乡，一路南行的。若干年后，当我的父母为他们的儿子庆幸和自豪的时候，我深刻地体会到“远行”或许也是一种美好的亲情守望。我选择学医和终生坚守医疗行业与父亲是一名医生有关，他对专业的孜孜以求和良好的职业操守对我影响非常大，这也是我对医院人力资源管理情有独钟的重要原因。而女儿似乎受我的影响也颇大，她的本科和硕士读的都是人力资源管理，博士的课题方向也与医疗政策和医疗制度设计有关。由此，我觉得职业选择或许也是一种“宿命”，一个人做什么或不做什么，冥冥之中是命运的安排。女儿这一次远行与以往的不同之处在于她已经非常坚定地明确了自己的职业发展目标，在个人发展和未来居住地的选择上也与父母进行了深入的交流。更重要的是，她已经不再是个孩子，不再是一个事事都需要和父母商量的孩子，她是真的长大成人了，终将成为被放飞的风筝，行走在她自己的世界里。她的时间和空间再也不能被父母掌控，也不应该被父母掌控。以后的日子里，父母更多的可能是远远地欣赏和惦念，默默地牵挂与祝福。为此，我特地让她在远行之前和我回到故乡，回到我的出生地，回到我少年时代曾经生活过的角角落落。这既是对故乡日新月异的变化做了一次观光，也是我对自己的成长历程做了一次温情的回忆，更是想让女儿永远能记住自己的家乡，永远能忆起祖先和父辈们的沧桑。

我的先辈大概在清光绪九年（1883）前后，从山峦起伏、沟壑纵横、缺少耕地、连年灾荒（有民谣“河曲保德州，十年九不收。男人走口外，女人挖野菜”为证）的山西省忻州市河曲县来到内蒙古鄂尔多斯市准格尔旗谋生，当他们看到一个叫做蒙家敖包的地方有一处山坡土质坚硬，且附近有一眼泉水，便在此挖了两孔土窑洞落脚安身，自此开启了家人们在内蒙古的漫长生活。

我出生在一个叫新窑湾的小村庄，那里地广人稀，基本上是一个山坡住着一户人家，记忆中除了跟着爷爷满山坡放羊以及和母亲、姐姐挖野菜，对于童年几乎没有什么太多的记忆。6岁的时候，跟随做乡村医生的父亲到了一个叫黑岱沟的小镇，在那里读完了小学和初中。从到准格尔旗第一中学读高中开始，黑岱沟就成为我人生中愈来愈远的记忆。每每想起曾经住过的土窑洞、安静的小院、父母忙碌的背影以及和姐姐、弟弟、妹妹的嬉戏打闹，都倍感温暖和亲切，这也成为我一路前行的精神动力和心灵滋养。

1998年，我偕妻子和女儿移居广东，这是自我们的先辈走西口到内蒙古后，第一个家庭整体离开内蒙古。现在想起来，可以说这是一次有勇气、有担当的迁移。想当初怀抱梦想、一路南下、执著前行，曾经有过的青涩与艰辛、无奈与迷惘，都沉淀为今天的淡定从容，宠辱不惊。在内蒙古30年的成长经历和在广东20年的人生历练，铸就了我人生的个性和生命的品质，也让我体验到作为一个男人是应该如何的饱经沧桑和泪流满面。

在我从事医院管理咨询与培训的过程中，当有些朋友得知我爱好文学，且曾有大量作品发表和多本作品集出版时，便想看看我曾经写过的东西，想了解一下我曾经的心路历程，加之自己确已年过半百，似乎也该来一次“人生总结”。几经思考，觉得还是应该把这20多年来写下的一些东西再回味一下，于是选取部分作品形成了这本《从北向南》的选集。

从1990年参加工作到1998年离开内蒙古，我一直在故乡的一家医院从事管理工作。移居广东后，又先后在3家医院从事管理工作，直到2007年彻底离开“体制”。17年来在央企医院、公立医院和中外合资医院等不同体制里的成长经历，在北方和南方不同环境中的生活轨迹，让我积累了丰富的工作经验，也赋予了我多彩的生活体验。从2007年创办医院管理咨询机构到2017年整整10年，这10年我走遍了祖国的大江南北，全国的每一个省区市、大部分的地级市以及500多个县，近2000次的飞行，300多万公里的行程，我为230多家医院提供管理咨询，为500多家医院提供内部培训，累计授课超过1万小时。创业这10年，更多的是学习、成长、见证与感悟，尤其是作为一名咨询顾问，我能从“旁观者”的角度去观察人们的生存状态，反过来再从别人的视角审视自己的生活，这样就能在一路前行中感悟生命的真谛，展现人生的价值。

管理大师彼得·德鲁克在他的回忆录《一个旁观者的历险记》（中文译本名为《旁观者》）中把自己比喻为一个“旁观者”。他这样描述旁观者：“旁观者注定从不同的角度看事物”，“并反复思考——他的思考，不是像镜子般反射，而是一种棱镜片式的折射”。我们的现实生活往往是这样一种情形：想深度地参与现实生活，却很可能被现实生活远远地抛弃；想远离喧闹与嘈杂的现实生活，却又因莫名的孤独而在现实生活中努力寻找一种虚伪的安全。我们试图努力与现实为伍，但又不想随波逐流；我们想拼命参与现实，但又不想留下伤痕；我们想逃之夭夭，却又不甘寂寞。所以，不管物质生活如何丰富多彩，并不能给人一个安宁的内心和充裕的精神世界。而文学艺术恰恰弥补了这一不足，它既可以填充极度贫乏的生活，也可以平衡过度富裕的生活，最终让我们的心灵充盈而丰满。阅读与写作陪伴我度过了青春期，走到了中年，它给予我最大的帮助是逆境时不孤独，顺境时不张扬。这也是从我爱上文学那天起，不论生活如何变化，不管工作多么繁忙，经常要拿起笔来写下心得的习惯始终未曾改变的重要缘由。

选集中的这些文字，时间跨度比较大，有些文字今天读来自己未必能赞同当时的观点，但作为一种回忆，我并未做修改，希望当年的我能够一直就在那里存在着，因为于过去、于现在乃至于未来，我都是无怨无悔的。

既然已经年到半百，那么工作和生活的节奏必然会有所调适，为兴趣和快乐而生活，应该是年过半百之后的状态与追求。50岁之后的人生就应该行走在山水间，游走在文字中，亲近自然，温暖灵魂。

我相信缘分，愿有缘读到我写下的文字，并产生些许共鸣的朋友们，能一起分享人生的欢乐与忧愁、幸福与悲伤。

一切随心随缘随喜。

2017年10月于广州

目 录

CONTENTS

短篇小说卷

散文随笔卷

诗歌卷

著作序言卷

短篇小说卷

从北向南（第二版）

DUANPIAN XIAOSHUO JUAN

今夜无航标

一

在蜿蜒曲折好似云梯的盘山公路上，我坐在一辆破旧的卡车里，被随意地颠簸着。有一种无法说清也无法看清的力量把我从车厢里摔了出去，车上仅有的几个也一样被随意颠簸的人居然谁也没有发现他们的同伴遭到了突如其来的厄运。车子一直向前开，我却掉下了万丈深渊……我用生命中仅有的一点微不足道的力量在惊呼，在喊叫，可就是没有人向我挥一挥他们高贵的手臂。“远程，你醒醒；远程，你醒醒……”我感觉到有人在呼唤我，可就是抬不动四肢。我从午休的噩梦中清醒过来，我害怕极了，我午休的时候是从不做梦的，难道这梦会有什么预示？我从床上坐起来，一下子看到德明那狼狈不堪的样子，他整个左脸血迹斑斑，两只眼睛呈青紫色的水肿，双手上留着已经干了的血迹。“德明，你怎么这副德性了？是不是出什么事了？”我瞪大双眼急切地问。“梦蝶有一笔买卖又赚了不少，她就打电话邀我出去喝酒，我俩一共喝掉一瓶白酒外加十瓶啤酒。梦蝶喝多了，就让我骑摩托车带她出去兜风，刚出城外，为了躲避一辆大货车，我俩和摩托车一下子栽到了公路边，我没什么大碍，可梦蝶好像伤势不轻。我已经拦了一辆的士，把她送到了市医院，你赶快和我去照应照应。”我骂德明是乐极生悲，专挑坏事干。德明说都什么时候了还有心情骂这话。市医院离我的宿舍很近，我们不顾一切地往市医院跑，引得大街上的人频频回头看，我想大街上的人一定以为我俩是疯子。

梦蝶躺在洁白的病床上，见到德明和我，泪水就禁不住地淌出来。梦蝶告诉我们，医生告诉她骨盆已经骨折了，说是什么“骨盆环单处断裂”，不算大问题，只要卧床休息一个月，就可下地行走。窗外的阳光稀稀疏疏地落在梦蝶的脸上，我突然发现因惊吓和疼痛而脸色苍白的梦蝶反而显得有一种朴素美，我这才发现梦蝶其实很漂亮很温柔。我知道对于躺在床上的梦蝶，我应该表现出更大的同情和关怀，但我当时内心确确实实就产生过那种想法。梦蝶没有发生更大的不幸，这让我和德明感到完全是老天爷的关照。德明找来了梦蝶的日常用品，并做好了让梦蝶长期住院的准备。

梦蝶的姑夫在市商业局担任副局长，靠着这层关系，她主动放弃了国营公司的会计岗位，在市西环路最繁华的地段开了一家副食商场，光帮手就雇佣了七八个人，据说每年的纯利润能够接近百万，在市里已经是出了名的“富婆”。可梦蝶一直认为自己命不好，流年不顺。因为她谈了三个对象都没有一个成功。30岁了还没有找到理想的伴侣，再有钱的女人也会感到孤独和寂寞吧。

德明是我的高中同学，高考时因差几分而落榜，最后在西环路租了一间不到10平方米的临街铺子干起了打字复印的营生，这样和梦蝶就成为了邻居，一来二往的两人就混得挺熟了。

我从大学毕业后，被分配到市里的一个行政机关担任秘书，常去德明那里并认识了梦蝶，因为都是单身，有空就会聚在一起吃吃喝喝，慢慢就成了无话不谈的朋友。德明和梦蝶都很大方，每次吃喝都是他们掏钱，因为我工资少得可怜，用他们的话说我是“寒酸族”，并多次鼓励我“下海”，可我一直不敢也不想，因为我一直信奉无忧无虑才是人生的最高境界。每当我看到他们为了钱与客户斤斤计较后又大把大把甩出去的时候，我就感觉到他们其实活得也挺累的，名利的诱惑大概是永远最吸引人也最折磨人的吧。

梦蝶出车祸的事在一些朋友中很快就传开了，三三两两地去看她，这就解决了我和德明的陪床之苦。

梦蝶住院后，嘱咐德明为她照应一下商场，遇到大的订货可以替她做主，并且希望我有空也去帮忙。梦蝶商场里的那几个帮手和德明很熟，德明告诉他们梦蝶出车祸的事之后，就宣布由他代管商场一段时间，有事务必和他商量，俨然自己就是老板一样。我真佩服德明的才干，虽然他只是个干打字复印的，但对商业方面的事讲起来也是头头是道，而且丝毫没有是替别人管摊子的那层意思，仿佛那商场真的就是他自己的。这让我想起了我们那个机关，每次任命一名科级干部，至少要担任两至三年负责人，而且是先干几年副职，然后才提成正职。这样，从你知道自己要被提拔到最终担任一个科级正职，大概需要七八年的时间，因而许多人工作起来大都没有积极性。我们办公室老王直到退休才由副科级提为正科级，据说正科级退休后可以享受副处级的待遇。我不知道级别之间的奥秘，更不知道副处级能比正科级有多少优越性，但老王着实感动了许多人，他一而再再而三地告诫年轻人，趁着年轻一定要好好干，听领导的话，要少说多听常笑，将来一定会有大的出息。不知道为什么，看到老王那永远无法挺直的驼背，就觉得他其实挺可怜也挺可悲。

一个多月的时间是来不及细细品味的，梦蝶很快就出院了。医生说她的骨盆愈合得很好，梦蝶在走路时我们全然看不出她曾经受过伤。德明认为给梦蝶治疗的刘大夫立下了汗马功劳，就买了人参酒、蜂王浆去感谢，刘大夫毫不推辞，并告诉德明如果今后朋友亲戚去看病，就去找他。“怎么样，又多了一个朋友吧。俗话说，多一个朋友多一条路，这话一点也不错，你瞧瞧吧，这刘大夫以后保准有用。”德明一向圆滑世故，大概这个时代需要这样的人吧，否则，德明就不会只开了一个小小的打字复印店就活得如此潇洒快活。

梦蝶住院期间商场一直经营得很好，加之身体恢复得快，大家就高高兴兴为她庆贺了一番，梦蝶开心得好像车祸未曾发生过一样。

二

我还照样在机关里无所事事，每天早上到办公室，扫地擦桌子，提一个暖水瓶子到锅炉房打水，碰到同事说几句有关天气的好坏，昨晚睡觉迟早以及其他一些无关痛痒的话，然后回到办公室泡一杯浓浓的茶，把早上送来的头一天的晚报翻个遍，尽可能找到什么花边新闻以一饱眼福。在年复一年、日复一日的泡茶过程中，我悟出了许多人生的哲理，比如这人生多么像泡茶的过程，水多则淡，茶多则苦，只有把握一个度才是最好的状态，这又有点像朋友关系，关系太远了，关键时候帮不了忙，关系太近了，关键时候有可能帮倒忙。坐机关其实也有好处，比如不用太动脑筋，不用不停地学习，可以有充分的时间琢磨一些人一些事。茶泡好了就边喝茶边看收发员送来的报纸，那些有关明星婚变、吸毒，第三者插足，少女沉沦，贪官倒霉，大款奢华的纪实类报告、小说是我们百看不厌的主题，也似乎只有这些内容才能刺激我们疲惫的身躯和麻木的神经。看完这些内容，办公室仅有的四个人会至少讨论两个小时，然后成家的人就上街买菜，菜买好了就回单位骑自行车回家，下午上班后照样穷侃，不过话题大多集中到谁家的孩子两岁了还不会说话，谁家的爱人刚生下孩子不出奶最后去医院买了什么药才来了奶，谁家的婆婆疼儿媳妇，谁家的老公不本分，谁家的老公会赚钱等等，诸如此类的话题，几乎每天都是要来上一遍的，只不过谈论的主人公会有所变化而已。每到此时，我是无法一起与她们谈论的，我还没有对象更没有成家，这些话题我不仅没有经验而且还倍感陌生，因而我在无聊中开始练字，居然练出了一手好字，有一次还在市青年书法大赛中获得二等奖。

俗话说，秘书工作就是“抄抄写写看个门，打打电话叫个人”。这话一点也不错，按理说，秘书应该为领导提供重要信息并帮助领导做决策，可我不需要，我的领导基本上是半个月有十五天是酒醉的，每天给你的印象就是脸始终是红扑扑的，叼着一支烟，眼睛眯成一条缝，喜欢边喝茶边和女下属谈心，领导也不会给我布置工作，我们的状态基本上就是我不知道他在干什么，他也不会特意给我安排什么。

德明打电话跟我说，梦蝶突然来了兴致，要约我俩一起吃晚饭。我们办公室的张小楠正问我她换了一条黄裤子会不会显得屁股有点大，我说她屁股本来就很大很丰满很性感，她笑着骂我又不要脸又好色，德明的电话和张小楠的笑骂让我也有了吃一顿大餐的欲望，我至今也弄不明白为什么谈到女人的屁股就会想吃大餐。我和办公室的人打了招呼，就早早地回到宿舍换了衣服，从头到脚认真地修饰了一番。不知为什么，自从认识梦蝶以后，更加注意外表的修饰并想极力表现出男人大度阳光的一面，以展现我的气度和气质。我从来没有和一个女人成为亲密的朋友，梦蝶算是第一个，也许所有的男人们都会在漂亮的女人面前这么做吧。

梦蝶请我和德明去了本市最豪华的梦雅大酒楼，一迈上门口的台阶，就有两位漂亮的小姐送上了感觉非常温柔的微笑，并说："先生，小姐，你们好，欢迎光临梦雅大酒楼，我们会用心为您提供最贴心的服务。"我一下子觉得自己光彩了许多，自信了许多。过去我一个人总是在街边吃两块钱一碗的兰州拉面，和同学相聚也不外乎加个花生米、豆腐皮、猪肘子之类的小菜，再来几瓶啤酒，那时会觉得自己很自在很洒脱。可一和梦蝶、德明出来，就会觉得自己倍感寒酸。梦蝶说请我们吃蒸王八，问我喜不喜欢，我说没吃过，只能试试了。王八被端上来后，我吓了一大跳，那东西黑乎乎的，很可怕。梦蝶笑了笑，教我如何吃。我一吃才知道味道非常好。我说："骂人乌龟王八蛋，没想到这东西这么好吃。"德明接过我的话说："这就像最坏的人最能发财一样。”吃完饭一结账，460元，我大吃一惊，这可是我整整两个月的工资啊。梦蝶看了一眼德明，又对我说：“远程，我每月给你500元，包吃包住，干不干？”我说：“我还没有这个想法。”梦蝶让我好好想想，千万不要在一棵树上吊死。其实，单从收入来看，很有吸引力，但我毕竟是好不容易才得到一份有国家编制的工作，如果放弃了，我的父母会怎么看，亲戚朋友会怎么看，周围的人又会怎么看。

因为和梦蝶、德明他们喝的酒多了点，第二天我是在上班两个多小时以后才走进了办公室。最爱打扮又最爱挑毛病的李新媛对我说：“咱们处长找你三次了，你一定是和那些大款们交往交出问题了，处长让你回来马上去他的办公室。”李新媛虽然对我和一些有钱的朋友交往心生嫉妒，但从她的表情看，绝对不是吓唬我。我心里非常清楚，我什么违法的事都没有干，但我还是怀着矛盾、紧张的心情走进了处长的办公室。处长笑容可掬，俨然是一位慈祥善良的父亲。处长轻轻拍着我的肩膀让我坐在沙发上，并亲自倒了一杯水，这让我受宠若惊了。处长用平时绝少有的平和口气对我说：“远程啊，你刚参加工作就来到了我们这个大机关，还不到两年的时间大家就评价你能干、踏实、稳重、有魅力，咱们处团委马上就要换届了，我已经向各位处领导建议由你接任团委书记，干上几年，然后转到咱们处的任何一个二级单位都可以当个一把手。干好了，还可以一直往上推荐。我们可以大概做个规划，现在先干副科级，两三年后正科级，科级位子上能有个六七年，就可以上副处，三五年副处就可以正级，按照这个速度40岁就可以拼到副厅级的。

当然，这只是我们按照你的品德和才能做的一个基本规划，后面需要好好操作。你这么优秀，谁遇到都会喜欢的，我会不遗余力地推着你走的，到时别忘了就行。你先回去考虑考虑，晚上到我家吃饭，咱们可以再合计合计。”

走出处长的办公室，一下子觉得自己猛然间高大起来了，同时也意识到自己的命运将出现重大转机，自己将真正踏上仕途之路，以后，就让办公室里的那些人好好仰慕我吧。我没有回自己的办公室去，怕李新媛、张小楠她们看出自己的兴奋后会更加嫉妒。我回到自己的宿舍，躺在床上久久不能平静，连自己都不敢相信我遇到这么好的美事，这不是天上突然掉下的馅饼吗？不过再想想，这么大的一个机关里，确实也再难找到我这么有才华的人，像我这样的人不早早地用起来，那对于我们的事业不是损失吗？我对自己的命运与前途进行了深深的思索，感觉到自己的青春真的要大放异彩了。

那天下午，我跑遍了全市所有的卖鱼档口，挑了最好的鱼，还到水果市场买了好几种水果，准备晚上到处长家作为小小的礼物。我没有给处长送过礼物，之前也从不知道处长家住哪里，而处长却一直在关注我，还对我这么好，没有一点私情地重用我，我突然觉得自己好狭隘，好对不起处长。原来听说好多官员很腐败，看来也是不真实的，看看我们的处长，是多么的无私和正直，想到这些，我就觉得这个世界格外美好，连空气和阳光也觉得一下子亲切起来。

处长就是处长，处长家里也是与众不同的。一进门，还未等我回过神来，处长家的保姆就让我换拖鞋，脚踩在处长家光滑洁亮的地砖上，看到处长和处长夫人那谦和、慈爱的面孔，我好像回到了自己的家。我也亲眼目睹了处长在单位里和家里完全是两副尊容，两个人。坐在处长家的真皮沙发上，心里格外的温暖。处长家的墙围、屋顶都是用豪华的宝丽板装修，其他地方也都是高档的墙壁纸。彩电、冰箱、空调都是电视广告里经常出现的那些名牌产品。在我尽情饱览处长家里那些豪华摆设的时候，处长夫人说客厅的那盆花是花两万块钱买的，我不养花也更不可能去买花，但光那数字就令我“望花兴叹”了。

处长夫人看上去极善良可敬，问我家里几口人，每月能拿多少钱，如不够就可以去他们家拿，并让我每周末可以来她们家改善一下生活。我突然感觉有什么不对，他们为什么会对我这么好，是不是有什么目的。很快，处长的话就证实了我的这种猜想。“远程，你家在农村，各方面条件都比较差，在城里找个对象也比较困难。我家二姑娘虽然身体有些毛病，但高中已经毕业了，也算是文化人吧。我看你德才兼备，百里挑一，就想把二姑娘许配给你。对你我是很放心的。”在处长说这些话的过程中，处长夫人把坐在轮椅上的二姑娘推了出来，我一看傻眼了，岂止是身体上有毛病，看人目不转睛，简直就是木鸡一只。我浑身像针刺一样，坐卧不安，我有一种被欺负被侮辱的感觉。但我还是在处长家压抑着吃完了一顿饭。处长啊处长，你要提拔我重用我，原来是要把你们呆若木鸡的二姑娘推销给我，这也叫等价交换吗？处长的手段太不高明了，我不可能让他的阴谋得逞。而我的结局呢？处长在耐心地等待一个月后还得不到任何消息，很快就把我下放到处里的一个小厂里担任物资保管。

三

对今后的命运我不敢再做任何设想，我不敢相信自己无厘头地一下子跌落到这种地步，在这种情况下我才真正有了人逢绝境的体会，我第一次有了想离开这个鬼单位的想法。不信天下之大无我容身之处。但令我实在想不通的是：难道我自己连主宰爱情和婚姻这点小小的权利都没有吗?

在我们乡下老家有一句话叫“好事不出门，坏事传千里”。我不知道我的事是不是坏事，反正整个机关以及处里下属二级单位里那些大大小小的人物都知道了，而且都在议论。有人说处长在背后骂我，骂我无德无才，年纪轻轻阳奉阴违，不是个好东西。说我为了依附他的权力，提出主动要和他的二姑娘结婚，说我看到了二姑娘的病情越来越重，就变心了。还说他带给了我多少好处，结果我昧了良心。总而言之，我们的处长想把我说得比畜生还畜生。我有苦难言，就算长十张嘴也说不清，我也不想说清楚什么，再说了，我又能说清楚什么呢!

难道这件事会发展成为全市新闻，不然，梦蝶和德明他们怎么会知道。那天梦蝶和德明去单位找我，在仓库里，我穿着脏兮兮的劳动布工作服，脸上、手上黑乎乎的，头发乱蓬蓬的，落满了灰尘。在我低头搬东西的时候，我听到梦蝶的声音：“老师傅，请问你们这里有个叫远程的年轻人吗？”我一转身一抬头，梦蝶和德明都怔住了，他们不敢相信站在他们面前的就是昔日的远程，当机关秘书的远程。看得出，梦蝶和德明正在为我的处境而痛苦。

“你们这处长真是不要脸，无耻下流。”德明气愤地骂着。“不要这么说，或许，这正是远程改变自身命运的一次机会。”梦蝶这么说的时候，我知道梦蝶仍然有意让我离开机关去帮她做买卖。我不明白梦蝶看上我哪一点了，经商真的是一窍不通。我说你们什么都不要说了，哪里跌倒哪里站起来，何况我没有做什么亏心事。梦蝶说事已到了这个份上，你怎么还如此固执？我说我会认真考虑她的建议，梦蝶说但愿这回是真的。后来他们又找过我好多次，并且邀我出去吃饭、跳舞，可他们每一次对我都很失望，因为我实在打不起精神，尽管我曾经多次鼓励自己，这是很无所谓的事。

在这个小厂里，情况比机关更糟糕。职工大都是机关里那些工作多年的老同志的家属或子女。工作任务就是加工铁桶、炉筒，用生铁烧铸炉盖、炉圈等。在这个不到50人的小厂里，厂长和副厂长加起来就有七位，还有什么车间主任，带官的基本上就占了30人，另外还有采购、办公室人员等近10人，真正干活的也就十来个人。我是这个厂建厂以来第一个大学毕业生，我的任务就是负责产品入库出库，但那十来个人一天也生产不了多少东西，所以，我一周办理一次出入库就足够了。现在城里的居民用的大都是暖气、煤气，用火炉的大都是近郊的农民，且多是冬天才用，因而我平时闲坐的时候比较多。我们厂门口有好几个台球桌，没事儿就去打台球。台球那玩意儿也怪，用不了三四天，你就得上瘾。

日子有时候是在你身边不知不觉地溜走的。我在舞厅、电影院、台球桌消磨了近半年的时光，毫无准备地迎来了又一年的挑战。这一年的春天来得特别早，人们早早就换上了单衣，我心情也格外的畅快。令人兴奋的是这一年“市场经济”成了电视、报纸、广播出现频率最多的一个词语，也成为人们街头巷尾议论最多的话题。梦蝶和德明在这个时候特别兴奋，她们多次找到我，希望我勇敢地成为一名敢于挑战自我的弄潮儿，他们告诉我现在是全国第三次经商浪潮，如果不抓住机会，就会后悔一辈子的。我告诉他们这回十有八九是要听他们的了。

我们的小厂里整日人心惶惶，因为已经有小道消息说这个小厂要解散。不知为什么，近些年来，小道消息往往比媒体的正式报道还准确。果然不到一个月，小厂就宣布解散了。机关里派出人员进行财产清点并做一些职工分流安置的工作。所谓分流，其实就是回家。因为厂子里大部分人是机关的职工家属，小厂解散，他们就自然而然得回家待着。只有我和几个即将退休的老同志不用回家，因为我是堂堂正正的国家分配来的大学毕业生，是国家干部，虽然改革的步子很快，但国家干部还不至于没有饭吃。我又被抽调回机关，好在那位处长不在了，听说到市里做了更大的官。有道是：县官不如现管，只要不是我的顶头上司，他就是去了省里对于我也是无所谓的事情。

但我最终还是被列为全机关的待岗人员。待岗人员的政策鼓励停薪留职，或者拿一笔钱自谋出路。但在待岗的200多人中，不到半个月大部分人就去了别的机关或一些企事业单位，真正停薪留职和自谋出路的人还不到20人。我起初并不知道其中的奥秘，一位去了另一个机关的同事对我说，现在关键还是送，不送不动这是规则。我知道他的话不一定全对但得承认是有一定的道理的，但我已经懒得送了，从内心来说，也不想再在这种地方待下去了。

梦蝶和德明又多次找我，让我离开机关和他们一起经商。特别是梦蝶，到过我宿舍好几次，极力主张我停薪留职，如果觉得干得没意思，她负责让她的姑夫把我安排到市商业局。其实，虽然我参加工作不到三年时间，但我早已烦透了机关里那种氛围，太平淡太无聊而且还很无奈。特别是本市大款与日俱增，与我们工薪阶层形成了强烈反差。既然梦蝶三番五次让我给她当帮手，我既不需要本钱，也不承担风险，我又何乐而不为呢？

对于自己，干什么或不干什么都不要紧，关键是我的父母怎么看，好好的机关不待跑去经商，他们会认为是待不下去了或是走投无路了才去经商。“无奸不成商”的观念在我们乡下还是根深蒂固的，因而我们的父老乡亲们宁愿在那二亩半沙地上把汗珠子摔成八瓣，也不愿意进城经商。海红果是我们家乡的特产，每年秋天，商贩们以每公斤五毛钱的价格买上到城里卖两元钱。乡亲们知道后更加痛恨商贩，因为痛恨就绝不会去经商。我实在无法理解他们的这种人生逻辑，有时候觉得乡亲们可怜，又觉得他们常常自欺欺人。但不管怎样，从全国的形势和自己的处境来看，经商应该是唯一选择的道路。我相信，我的父母是不可能知道我经商的，我会编织出一万条天衣无缝的理由告诉他们，我正在从事一种无比高尚伟大的事业。

四

办理停薪留职的手续简单得让我不可想象，填写一张表，领导大笔一挥签字了事，接着再跑几个科室盖了几个公章，就算办妥了。这是我自参加工作以来办事效率最高的一次，如果我们办任何事情都有这样的效率，恐怕办不成的事就很少了。

从机关里出来，我轻松了许多，抬头看看天空，清澈得没有一片云彩，空气闷热闷热的，我好像被罩在了一个大罐子里。望一望阳光下斑驳陈旧的机关大楼，忽然产生了一种恋恋不舍的感觉。是啊，将近三年的时光就消磨在这座大楼里了。是这座大楼，将我磨去了棱角，也磨去了我的光泽。这让我想起一个人从学生时代步入社会的过程是多么像一个正方体变成球体的过程。在学生时代，充满幻想，憧憬未来，干什么事情都是有棱有角，是一个标准的正方体，而一旦步入社会，经历点坎坷和磨难，这正方体的棱角就被磕磕碰碰，慢慢地全无棱角，然后变成一个圆滑的球体，失去方向开始随波逐流。到了今天，我虽不至于随波逐流，但我至少学会了保全自己。梦蝶为我举办了隆重的欢迎仪式，我既无才学更无资金就轻而易举地当上了副食商场的副总经理。梦蝶简略地为我介绍了商场的基本情况以及采购、销售的一些技巧与方法，并且嘱咐我千万不要上街买什么《经商秘诀》之类的书籍看，否则只能走上邪路，经商之道在于自己长久的摸索和感悟。

梦蝶经营的副食商场大概有200平方米，食品种类也相当齐全，各类名烟名酒、糖果、点心以及一些日常生活用品，可以说是一应俱全。由于西环路附近有一大片居民住宅楼，因而商场的生意格外好，顾客终日络绎不绝。我和梦蝶的办公室是商场里边的一个套间，我俩面对面办公。有关商场经营的事，只要我不懂，梦蝶都会随时告诉我怎么做。

环境的改变在某种意义上也能改变一个人，或者更确切地说，是环境在造就着人。在机关里，早上上班等不到中午下班，时间有的是，可大部分时间是无事可干的，日子非常难熬。来到商场后，情况全然不同，每天要处理许多许多的账务，要处理方方面面的关系，早早地坐在办公室，工作不了多长时间，一看表就到了下班时间，越是这样，越觉得心里特别充实。在商场干了不到两个月，我就把进货渠道、销售方法以及账务管理等摸索得差不多了，也开始跑跑货，隔三差五搞点批发（按营业执照规定我们这个商场是不允许搞批发的），为梦蝶的事业也实实在在地出了不少力。梦蝶也常对我说：“远程，怎么样，我眼力不错吧？”我自己也确实感受到，自己是有一定的经商能力的。在机关里，或者说在以前那种环境下，我是永远也不会发现我有这个能力的。

五

在一个阴云密布的下午，梦蝶突然告诉我德明要到南方去了。我说德明为什么不早告诉咱们，梦蝶说她是在大街上碰到德明的。德明，头发乱蓬蓬的，急急忙忙地告诉梦蝶，让我和梦蝶务必在当天晚上到梦雅大酒楼，因为第二天他就要走了。很长一段时间，我只是听说德明又去做别的什么生意，成为名副其实的大款。我不知道德明为什么要走，但我还是油然生出一种伤感，很久没有和德明在一起了，我们各自只顾忙碌自己的事，缺少了对朋友的关心和帮助。

在梦雅大酒楼，那个我们曾经多次在一起欢乐或者悲伤的雅间里，德明一根接一根地抽烟，全没了往日的那种自信自豪和任性。我问：“德明，你为什么要到南方去？”德明反问我：“远程，谁不愿意待在自己的家乡，谁不愿意在自己的家乡好好发展，但我必须马上离开这里，而且是越快越好，走得越远越好。”“德明，难道发生了什么令你非常痛苦的事，逼得你非要离开这里不可？”梦蝶不愧是女人，她已经体会到了德明的难言之隐。德明为我们讲述了一段他自认为是美丽而忧伤的故事。

一个偶然的机会，德明认识了本市歌舞团的歌唱演员陈倩。陈倩仅有23岁，长得出水芙蓉一般，性格既有温柔恬静的一面，又有演员落落大方的一面。德明在陈倩面前大献殷勤，给陈倩戴上了金戒指、金项链，穿上了8000多元一件的貂皮大衣，也背上了2000多元一个的进口小皮包。这让陈倩着实感动了一番，每天至少给德明两个电话，一天不见，就想得要命。德明也信心倍增，准备大干一番事业。可后来，陈倩为了争取一个出国的机会，就把女人的贞操献给了他们的团长。德明找团长臭骂了一顿，可那位团长概不承认，还反咬德明一口，说他勾引女演员，生活腐化。更出人意料的事，陈倩出国回来后，趾高气扬，反说德明无中生有，不是个好东西。德明实在接受不了这个现实，这对他曾经憧憬的美好世界是一个致命的摧毁。所以，他一定要换个环境。

“我当初太好了，我现在才后悔了，陈倩当初好几次要和我上床，可我说结婚以后吧。我当初是真的太爱她了，早知道她这样狠心，不如早点把她废了。我现在才明白，我之所以没有得到我想要的东西，主要是我还没有学坏。”我第一次看到德明发自内心的那种哭泣。

我和梦蝶也真的不知道如何安慰德明。我当初绝没有德明这么糟糕，但我还是无奈和痛苦了好久。我最理解德明，在中学的时候，德明就诚实、正直、助人为乐，一直得到老师和同学们的赞扬。而这次全身心地投入并付出真情，得到的却是欺骗和打击。

尽管我们一再挽留，但德明还是铁了心要到南方去闯天下。在那天送德明的时候，我们三个人在站台上，三双手紧紧地握在一起，六行泪禁不住地流淌，我们在冷风中感受到了世界上最珍贵的朋友的真诚。德明走了，真的走了，头发乱蓬蓬的，去南方，他还没有目的地。

从火车站返回的路上，我和梦蝶心情异常压抑。走了很远的一段路，梦蝶一句话也没说。后来，她突然对我说：“远程，你把手搭在我的肩膀上好吗？”我看梦蝶时，她的泪水比站台上反而更多，我知道德明的走或许是勾起了她的往事。我把手搭在梦蝶的肩膀上，像一对恋人似的走在大街上。看到街上那些已经穿上了皮夹克的人，我们才感觉到已经又是一个深秋了，而在我们忙起来的时候，却全然不知。

送走德明的那天晚上，我和梦蝶又去了梦雅大酒楼。我们很少说话，在朦胧的灯光下，我俩听着柔和恬静的抒情音乐，伴着各自的心情静静地坐着。“远程，你怎么看女人？”我和梦蝶四目相对，我惊异地发现梦蝶很美，一直以来，我是以一个朋友的眼光在看梦蝶，但在今晚，我懂得用一个男人的眼光去看了。“女人就应该对他的男人专一。”我说。“远程，你现在还不懂，最坏的女人也是值得怜悯和同情的；最坏的女人，也需要有一个男人真诚地去爱她。如果德明不走，或许陈倩还会爱她的。远程，像白天在大街上那样，抱着我好吗？”我浑身滚烫，无法克制自己的情感，在此情此景，我突然觉得无比需要一个女人的温情。我紧紧地拥抱着梦蝶，嘴唇吻在她的脸上，梦蝶闭着眼睛， 在这个世界里，只留下了我和梦蝶。

从酒楼里出来，我和梦蝶肩并肩地走在一起，梦蝶主动地挽起我的手臂，我的整个身体感受到了女人特有的温暖。梦蝶手腕上的夜光表已经明显提示我们已经是23点了，街上也难以看到出租车，但我们依然走得很慢。那一刻我才觉得自己需要或者说应该在这样的夜晚有一个女人来做伴，我想梦蝶也同样需要一个男人来做伴，否则，我们前行的节奏就不会那么协调一致。

“远程，其实人有时活得很可怜。当你一贫如洗的时候，就盼望能有个三万五万；当有了三万五万的时候，就盼望能有个十万二十万的；当有了十万二十万的时候，心想有个五十万肯定能满足了；可真有了五十万的时候又觉得自己一贫如洗。”“这大概是目标达到或实现以后的一种空虚吧。因为物质性的目标比较具体，因而也容易达到，而精神性的目标比较抽象，因而就不容易达到，所以越是追求物质生活越容易空虚，越是追求精神生活越觉得充实。”我说。“远程，不愧是有文化的人，多少年让我苦苦思索的东西，让你这么一说豁然明白了。和你接触这么长时间，我觉得你身上有那么一种东西，我说不太明白，大概就是气质吧。你的谈吐举止总能让女人产生一种冲动，而且这种冲动有时很难抑制。”“梦蝶，我并没有接触过太多的女人呀。”“我不就是女人吗？”梦蝶有意识地把头靠在我的肩膀上。缓慢的脚步并不妨碍我的手在梦蝶的身上做恣意的运动，我敢说这种运动不会在毫不相干的两个异性间发生。在这种运动进行以前必须有一个漫长的过程，当然这个过程当时可能并没有在意或者没有太多的在意，但它必然地为某种事情的发生做了最真实的酝酿。“只能回到我的宿舍了，这么晚了，你一个人会感到倍加孤单的。”漆黑的夜晚我仍然能看清楚梦蝶的眼睛是那样的明亮而温柔，它充满了爱恋和神圣。梦蝶的宿舍其实就在她商场后院的一间平房里，不是她找不到再好一点的住处，而是为了方便。梦蝶已经打算买一套大一点的房子好好装修一番。打开房门，屋里的灯没有被拉亮，我们俩不约而同地挤到了那一张单人床上。一阵女性特有的体香向我袭来，发展到极点的原因不是我不想控制，而是无法控制。凭着一个毫无经验的男人的感觉，梦蝶已经不是第一次了，所以，那一天晚上我的心情是非常的矛盾与复杂的。

六

在梦蝶的副食商场里干了一年多的时间，这一段时间可以说是我从机关走向社会最关键的转折，它让我明白了什么是社会，什么是虚伪。在我的周围，将整个社会做了一次高度浓缩，而我完全是把自己放到这个社会里做了一次试验。在虽然春风得意但依然不免受挫的环境里，我懂得一个人必须不断地调整自己，才能适应变幻莫测的社会。

由于经营规模不断扩大，梦蝶把她的副食商场扩展成了更大的私营公司，她让我给她的公司起了一个比较过瘾的名字——“兴达食品营销有限公司”，取兴旺发达之意。梦蝶很满意，决定就用这个名称。我们很快就在工商局办理了注册手续，并在市商贸大厦租了两间写字阁作为公司本部的办公室，同时在市内开了两个批发部和四个零售商店。以前虽然与梦蝶相交甚深，可这次梦蝶所显示出的经济实力，实在让我叹服不已。兴达公司的业务一天比一天多，我也越来越忙。自从那天晚上发生床欢之事后，我和梦蝶自然就有了一种特殊的亲近感，看得出许多事情梦蝶对我特别放心，而我总觉得我们之间还是莫名其妙地有一些隔膜和潜在的危机，这种危机也许就是男人和女人之间永远也不可逾越的鸿沟。有了这条鸿沟，我就不得不时时努力保持一种清醒的头脑和冷静的行为。

应该说，过去梦蝶开副食商场那会儿，还仅仅停留在小打小闹的地步，进了多少货，批发价是多少，零售价是多少，拉一个清单就一目了然。可现在不同了，公司既有批发部，又有零售商场，经营方式与过去已经完全不同，而且过去我和梦蝶每天都在商场里，什么情况都是一清二楚。现在我们公司办公室远离批发部和商场，我和梦蝶又经常到外地与厂家联系货源，管理内部事务的事全靠下面各个部门的负责人和商场的经理们。所以，我给他们制定了严格的管理制度，通过在执行中发现问题，再不断地纠正问题。我结合公司的实际情况，制定了批发部和商场经理的岗位职责、工作制度、工作流程以及定期的经营分析报告制度等，并且建立多劳多得、优劳优酬的奖金分配体系，还有亏损或造成其他经营损失的惩罚措施等。可梦蝶对这些似乎并不感兴趣，她对我说："远程，我们不管办成个什么公司，那只是为起个名好听，说到底还是个体户，毕竟不能和国营公司比，你制定的那些东西会让手下感觉我们不信任他们，反而起了坏作用。"听了梦蝶的说法，我真的有点哭笑不得，也终于明白了缺少文化是多么的不可救药，这应该是梦蝶的不幸，也是这个时代那些所谓的大款们的悲哀。对于梦蝶的这种态度，我也只能好自为之，我那点主人翁精神看来在这里也不可能任意发挥。

因为进了一批假酒的事，我和梦蝶一下子弄得好不愉快。梦蝶过去的一个朋友专门贩卖假烟假酒，为此还被工商税务部门罚过好多次款。按理说和这种人打交道应该格外小心才是，可梦蝶依然大大咧咧，当成她的铁哥们儿。她的这位朋友一来到公司，就直言不讳地说："梦蝶，又有一批假酒，五粮液，这回是用二锅头勾兑出来的，味道还真是那么回事儿，而且喝了还保准没事。"听了这话，我心里就来了一股子气，公然甩卖假酒还如此大言不惭。可梦蝶觉得这并没有什么可奇怪的，而且很平静地对她的朋友说："这回每瓶只能给你10元，这些酒虽然只是卖给那些送礼的，但人家毕竟也是要花钱的。”一批假酒就以每瓶10元的价格成交了。我当时本想坚决反对梦蝶购买这些假酒，可是看到梦蝶和她的朋友关系是那么贴近，而且从她们的言语中我也明白了梦蝶其实也一直在做这样的生意，我便实在无法站出来理直气壮地反对。

我告诉梦蝶她这种贩卖假酒的做法是极其恶劣的商业行为，梦蝶给我的回答是“这批假酒并不摆到柜台上卖，而是专门卖给那些较熟悉的人去送礼的，而且我们也并没有多少利润”。

“既然没有多少利润，你为什么还非要这么做？”我问梦蝶。

“我痛恨那些贪官污吏，你给他们送礼，过两天就弄不清楚是谁送的了，真真假假一大堆礼品中，他们永远也分辨不清到底是受了谁的欺骗。”这就是梦蝶的处世哲学和商业逻辑。

“既然你痛恨贪官污吏，为什么还要与他们同流合污，不实实在在地合法经营？”我也想发火了。

“你以为我愿意吗？我心里也是一肚子气啊，可不这样我们真的合法经营就能赚到钱吗？”梦蝶似乎是声嘶力竭地喊出来的。

“不管怎么我是坚决反对你卖假酒的，这样做太不道德了。”我也是毫不客气地回敬她。

“远程，别在装了，行不行吗？你老谈道德道德，道德多少钱一斤啊？你老正儿八经的样，我还看不上呢？”我没想到梦蝶原来这么看我。

“你看不上，我可以走呀，你这个样子，我待在这里还害羞呢。”见梦蝶如此固执，我非常气愤。

“你以为非留恋你不可？想走随时走啊。”梦蝶也不甘示弱。

友情是最经不起考验的，何况什么是友情，一个人和一个人之间即使相处了很长的时间，难道会真的有过友情吗？

自从我们俩发生过激烈的争辩后，梦蝶总是怪我在有意地躲避她。老实讲，我确实有过离开梦蝶的想法，如果永远待在梦蝶身边，一种无形的束缚也许我终生都无法逃避。

后来，我还是下定决心要离开梦蝶自己去闯天下，我也实在不想再看梦蝶盛气凌人的样子了。我发现她除了在床上偶尔会表现出女人的温柔之外，平常基本上就是一个“冷血动物”。

我提出辞职时，她非常平静，只是淡淡地说：“想走，也好，不过时刻欢迎你回来，我也相信你会回来的！”

可我心里想：狗屁女人，大爷我一辈子也不会再回你这个贩卖假货的破公司的。

七

这回我是真的需要靠自己的实力了。我就不相信离开梦蝶我会活不下去。

我首先得找个工作干干，只要有一份工作还愁养不活自己吗？我去市职业介绍所找了那些专门刊登招聘广告的报纸查询招聘信息，以找到符合我的岗位。报纸上有一家称作华强实业发展公司的单位招聘副总经理、部门经理。我按广告上的地址，来到了市工业大街26号星源大酒店818房间的门口。为了提高应聘成功的系数，我特意把自己修饰了一番，也可以说是衣冠楚楚，也可说是西装革履。因为我读书时就看过许多诸如如何给人留下美好的第一印象，如何成功应聘之类的文章，所以我是抱着一举成功的心态敲开那间颇有寓意的房门的。

迎接我的是一位类似电视剧里经常出现的公关小姐那种模样的女人。当我把我的求职想法告诉她的时候，她只是递给了我一张应聘登记表让我填写，她的表情一直平淡如水。填完表，这位公关小姐模样的女人告诉我，我完全符合应聘条件，如果想担任副总经理，需要交纳5万元的风险抵押金，担任部门经理需要交纳1万元的风险抵押金。我问那个女人公司经营范围是什么？她说主营汽车、摩托车、彩电、冰箱、空调，兼营木材、钢材、建筑材料，还有糖业烟酒等，同时还搞广告设计，有时还帮助歌星“走穴”。这纯粹是一个杂货店、皮包公司。我告诉她这么气势磅礴的公司，我决定担任副总经理，回家取钱马上来交。我想她应该明白一个道理：如果老子有这么多钱，还需要到这里来应聘吗？

当我从那个所谓的公司里出来的时候，又有两名可爱的少女走进去。按照一般人的智力水平，她们和我的结局应该是一致的。如果她们应聘成功了，只能说明这个世界上不是骗子太多，而是傻子层出不穷。

应聘，还去应聘吗？我想起了一位朋友说过的话，在现在这个社会，没有关系没有人是什么事情都办不成的。在机关当秘书的时候，虽然没有什么大权，但我们单位那个大红印章就掌握在我手里，比如单位里有人开个无关紧要的证明，个人办私事也开成公事的介绍信等等，每天总会有人给我笑脸看。有时参加处里的工资调资会议或者人事任免会议等研究与群众利益相关问题的会议后，总会有人千方百计地打听内情。他们总是首先和我套近乎，给我沏茶递烟，有个别人甚至表现得像孝敬长辈一样毕恭毕敬。尽管我没有什么权力，但有些人总爱抬举我，我总不能不识抬举吧？当我把那些会议内容或多或少告诉他们的时候，虽然给他们带不来什么好处，但仍然是一派万分感谢的样子。后来我才发现，那些领导们研究决定而尚未公开的消息，是最让职工们感兴趣的，也是最能给他们带来心理满足的。那时候我虽然花起钱来倍感拮据，但至少有一种心理上的满足感和优越感，可现在呢？

恍然间才想起自己停薪留职的时间只剩下两个月了。两年的社会生涯好像和我开了一个玩笑，回想起来总觉得有点苦涩和凄凉，该失去的都失去了，该得到的似乎什么也没有得到。

半年前我就听说我们原来的厅长、一个副厅长、几个处长都因为经济犯罪被关进了监狱，当然我们的处长也被关了进去。厅里、处里领导基本上进行了一次大换血，几位同事也联系我说处里缺少能干的人手，希望我能提前回去上班。我决定到机关大楼看一看，在大街上没有走多长时间，远远地就看到了那座曾经斑驳的大楼外墙已经全部贴上了马赛克，给人一种非常亲切的感觉。大楼里也一定进行了装修，我这么想。

我懵懵懂懂地这么走着想着，才发现自己正好走到了一个十字路口，安全岛上庄严地站着一名警察，他不停地向我喊：注意红绿灯！注意红绿灯！

提拔前后

王富刚从早晨五点钟起来呕吐了三次，第三次已是单纯的黄绿色胆汁。

王富刚心里十分害怕，胆与肝紧密相连，胆受到破坏，必然影响到肝。肝功能一旦受到破坏，就会失去解酒的功能。而这个社会不喝酒是万万不能的，酒量小了也是不行的。有些流行语就是现实生活的真实写照，如“科长是喝出来的，处长是跑出来的”“酒杯一端，政策放宽”之类的。

王富刚开始为肝担心起来，肝炎、肝硬化、肝癌，这是最一般的发展规律，他是有所耳闻的。厂接待科科长老李就是因为饮酒过量被送上黄泉路的，虽然死后厂里追认为副处级干部和厂级劳动模范，但大家都知道那是因为老李家里闹得凶，在赔偿大笔钱财后家属仍不满足的情况下，厂领导不得已而为之。

昨天晚上的事让王富刚的大脑一直处于抑制与兴奋交替出现的混乱状态。他不能不气愤的是，厂里为什么要在他官运亨通、春风得意的时候突然进行所谓的职能整合和机构改革，改革也就罢了，为什么要把质量管理科和生产科合并为生产管理科，而且还是质量管理科挂靠生产管理科。在王富刚看来，稍有管理学常识的人就应该知道，质量管理的内涵远远大于生产管理，如果厂领导本着公平公正的心进行改革，就应该把生产管理科归并到质量管理科。但更令他不能容忍的是，原生产科科长老刘退居二线后，却提拔了原质量管理科副科长李建春担任新组建的生产管理科科长。李建春26岁，大学毕业才两年。当初要不是任质量管理科科长王富春推荐，李建春是不可能提拔得这么快的，不仅不能提拔，恐怕也很难进入厂领导的视野。但王富刚并不后悔当初的选择，他不恨李建春，李建春能力强有魄力，干起工作来能够与他密切配合，生活中也是称兄道弟，推心置腹。但他恨厂领导，原质量管理科的人都有了合适的安排，唯独没有给他任何说法，王富刚心里不能不充满怨气。

昨天晚上的聚会是李建春组织安排的。参加的人都是在原质量管理科工作过的。王富刚起初本不打算去，可怕别人说他心眼小，有情绪，就硬着头皮去了。可在餐桌上，过去那些在他身边围着转的人，统统在李建春面前大献殷勤。

资料员傅丽丽长着一张漂亮的脸蛋，平时涂唇画眉，优雅大方，是全厂出了名的美人。平时在王富春面前王哥长王哥短，亲昵昵的，就差搂着脖子亲嘴了。可在昨晚，傅丽丽事先抢了个位子坐在李建春身边，主动斟酒递烟，有时还要自作多情地眉来眼去。王富刚曾经认为傅丽丽的美丽是质量管理科的骄傲。可就在昨晚，他对她顿感厌恶，甚至使他明白过去傅丽丽对他的亲近是一种最卑劣的伎俩。王富刚清楚知道，傅丽丽还要在李建春手下当资料员，而且还会李哥长李哥短地叫李建春。想起这些，他就感觉到酒是多么的恶心和讨厌。

检查员刘亮、安全员李新凯只是应付着和王富刚说了几句话，然后接二连三地和李建春干杯，说一些恭维李建春的话。刘亮甚至大言不惭地说了未来的厂长非李建春莫属。王富刚实在是听不下去，他简直想一走了之，但他还是忍住了，他不想失态。平时七八两下肚都没问题，可昨晚不到四两就醉了，他不知道自己是怎么回家的，但他清楚地记得绝对没有一个人送他，而平时即使象征性地喝点酒也有人送他回家，并且还要扶上楼送进家门，这种对比他始终是清楚的。

这种强烈的反差对王富刚来说是一次沉重的打击，导致他对自己过去的成绩也只能是大口吐槽了。自己曾连续六年被评为先进工作者，三次被评为劳动模范，连续两届被评为“十佳青年”。他实在不明白，厂领导一向十分器重他，为什么这次……他翻天覆地躺不住，胃里好像住进了魔鬼。妻子给他熬了一碗大米粥，他用了三十多分钟才全部吃进胃里，五分钟后又全部吐了出来。妻子看他脸色苍白，大汗淋漓，一摸浑身发烫，才感觉到了问题的严重性，就叫来邻居帮着送进了医院。

王富刚因为一顿酒住院了。

王富刚在这白色纯洁的世界里，感觉到了一种解脱，他甚至产生了一直在医院里待下去的想法。他在医院里一住就是七天，他问过医生什么时候能出院，医生说需要长时间住院治疗。“肝炎”“肝硬化”“肝癌”这些词又在他脑子里跳荡，仿佛死神就睡在他身边。

王富刚真的得了肝炎，但他能想得开，他甚至认为这是给自己一个台阶下的机会。

住院的第八天，厂长来看他，当时厂长说的话差点让他从床上跳起来。“富刚啊，没有想到在这样一个关键时刻你病倒了，厂里极力推荐你担任新组建的质量监督站副站长，并在不设站长的情况下主持全面工作，这个站全面负责公司生产质量的监督检查工作，是个正处级编制的单位，公司有个别领导认为你太年轻，没有工作经验，因此公司领导班子会议研究了三次才最终确定下来。没想到你住进了医院，可公司现在急需人啊。如果你的病不能马上痊愈，唉，别想太多了，治病要紧。”王富刚最终还是没有跳起来，一个500毫升大输液瓶里的液体以每分钟60滴的速度平静地流进他的血管。

王富刚的心里不知是什么滋味，他按辩证法的原理想了许多许多。早知道所谓机构改革就是撤并一个机构，再产生一个更大的机构，他就不会那么单纯。

早知道能由正科级提拔到副处级，他就不会参加那天晚上的聚会。即使去了，不要想太多，开怀畅饮也不会醉的。

如果他真的当了处长，他会自己掏腰包把质量管理科的人请一通。

王富刚失眠的次数连他自己也数不清了。

王富刚连续住了三个月的院，病情却不见好转。医生说不知为什么，治疗肝炎的新药用在其他患者身上疗效十分明显，可对王富刚却一点效果也没有。

脸 色

李维东是在二楼到三楼的楼梯拐角处偏上一点碰见他的处长的。李维东当时手里抱着一大堆材料，心里正在为打字室的小赵给校对错两个字而恼火，直到他与处长碰了个满怀，才发现处长的脸色十分难看。处长平日碰见李维东总是李弟长李弟短地称呼，而且经常还爱开个玩笑，这回不仅没有给李维东一个好脸色，而且还把他瞪了两眼。李维东知道自己当时也没有像往常一样满脸堆笑，但处长也不至于瞪他两眼。李维东回到办公室后，左思右想觉得有点不对劲儿，觉得自己一定在某件事情上得罪了处长，至少处长在某一方面对自己有了看法。

当天夜里，李维东彻底失眠了。他对自己近十年来的秘书工作做了彻头彻尾的回想。但就是想不出个子丑寅卯来。处长虽说级别比自己大了两截子，可年龄仅比自己大两岁，要在平时，称兄道弟那简直不在话下，但今天的情形就不能不让人觉得有点反常。

最近，处里的办公室主任马上要退休了，人们已经知道要提拔一名副主任，负责办公室的全面工作，李维东觉得自己应该是最合适的人选。自从在楼梯处见了处长并看到处长那种脸色后，李维东想方设法躲着处长，他害怕处长当面质问，又害怕从处长那里听到什么坏消息。几天下来，李维东工作就手忙脚乱，出现了好几次大的失误。

办公室主任退休后，李维东就成了办公室的临时负责人，因为李维东的工作失误，人们自然要对办公室说三道四，一个普遍的说法是：过去办公室主任多有能耐，整天下了麻将桌就上烧酒桌，工作照样干得有条不紊，李维东担任负责人没几天，就把办公室搞成了一个烂摊子。李维东再有本事，如果没有主任坐镇，也是一点都玩不转。没多久，李维东的威信就比往日下降了不少。

再后来，人们传言处长离婚了。处长真的离婚了，这是处长亲口对李维东说的。那天，处长找到李维东，面有难色但充满友好地说：维东老弟啊，其实处里开会初步决定你担任办公室副主任了，可是你一连出了好几个差错，大家都有意见，我也没办法。那几日老婆正闹离婚，我的情绪非常不好，也懒得找你谈，结果就把事情耽搁了。现在上面已经决定从别的处调一个办公室副主任过来，你就再等机会吧。

李维东听了处长的话，猛地在处长的肩上拍了一巴掌，并高声喊了一下：我操！

土 豆

那一年一定是闰八月的，不然在我阴历九月初七生日那天就不可能下雪。我清楚地记得那一天清早起来我跟在父亲身后，要父亲给我烧土豆吃，而父亲说过生日是忌讳吃土豆这种粗劣食物的，我就大哭，母亲心疼不过，就在自家土炕的炕道里烧了两个胖乎乎的大土豆，那一年我可能不满十岁。

直到在我居住的小镇上土豆卖到一元多一斤时，我才发现土豆在乡村和童年之外是多么的高贵。更重要的是，我现在每吃一斤土豆，都要细细算计，三斤土豆基本上就是我当年上黑岱沟小学一个学期的全部学费和书本费。

我清楚地记得，我的姥姥是一位瘦弱、多病、不停地咳痰的小脚女人，她一生慈祥而善良。20岁的母亲就已经是有两个孩子的母亲，姐姐和我。所有有关新窑湾的幸福记忆就是母亲带我和姐姐去姥姥家吃烧土豆。我无法想象当年我们家有多贫穷，但可以肯定的是连我随便吃一颗土豆都是无法满足的。因此，每天哭闹着让母亲带我去姥姥家吃土豆便成了童年最奢侈的事。

母亲说在我五岁的时候，有一天姥姥把热乎乎的土豆放到了炕上，姥爷说这不是给我吃的，是给他的孙子吃的。当时姥爷的这句话一定是惹怒我了，我顺手把姥爷的心爱之物—— 一个他父亲传给他的玉石嘴烟锅扔到地上，玉石摔掉一半但还是紧紧地贴在烟杆上，姥爷从地下捡起来又高兴地吸上他的烟。在我的记忆中，姥爷一直在用这支玉石嘴烟锅，直到最后成为遗物。如今亲人们说起我爱吃土豆，还会提到那个玉石嘴烟锅。

以上的文字可能与我所要讲的故事没有多大的关系。但如果不是因为土豆，那个叫香甜的女人在我幼小的生命里就不会留下什么记忆。我们把香甜叫做姨姨。在我们这个村子里，只要与母亲年龄相仿即使没有任何血缘关系的女人都会称作姨姨，香甜就是这种。

有一天，香甜因为自己患病的男人饿得实在挺不住了，就跑到生产队的土豆地里偷刨土豆，当她把五个硕大的土豆包在袄襟里直起腰正准备离开时，负责看土豆地的福气大爷站在她的面前，光棍汉福气瞪着一双橙黄色的眼睛，虽然一句话也不说，但香甜能明显地感觉到他的双腿和嘴唇在颤抖。福气直直地看着香甜，过了好长时间，才闷声闷气地说：你看怎么办？香甜扔下那五个土豆，一边转身一边对福气说：你跟我来。福气跟着香甜走进了土豆地边上的玉米地里。

福气大爷一边系裤带一边对香甜说：这块地里的土豆，你想刨多少随便刨吧，但要后半夜来刨。

香甜没有带走那五颗土豆，其实后来连一颗土豆也没有去刨，看见福气就躲着走。福气为此很是气恼，见了村里人就说香甜肚脐眼儿下边有颗黑痣。以至于后来人们一碰到福气就和他开玩笑，一个人问：香甜哪里有颗黑痣？另一个人答：肚脐眼下边。或者一个人问：香甜肚脐眼下边有什么？另一个人答：一颗黑痣。这些话没有多久就传到了香甜男人的耳朵里，接着又传到了香甜公公婆婆的耳朵里。香甜的男人就拿一切可能的脏话骂香甜，香甜的公公婆婆也拿一切可能的脏话骂香甜。

香甜后来就在村里的杨树林里上吊死了。人们去看香甜的肚脐眼时，发现肚脐眼下边的确有颗黑痣。上了年纪的老人就骂已经死了的香甜：死了活该！

后来听说福气大爷是在快到五十岁时才找上老婆的，不过，老婆没住三个月就跑了。老婆说福气下边的东西不中用，福气就骂：臭婆娘，从小都没管用，老了能管用吗？

如今，我小时候生活的小村庄已经成为矿区的一部分，村民们大多到矿区当了工人。现在人们早已不屑于种地。而父亲一直对种地情有独钟，今年在矿区的边缘地带弄了一块地，种了一大片的土豆。早在7月，就有人偷偷刨了我家的土豆。母亲气得要命，说干脆蹲到地里看着，我说黑夜怎么办？母亲说黑夜总不至于有人偷土豆吧。可就在中秋节的前夜，我家的土豆还是被人刨了一大块。于是在中秋节的下午，我们全家出动，把地里的土豆全都刨回来了。

父亲说：土豆还有一个月的长势，现在刨回来，放在院子里几天就晒蔫了。

母亲说：这些黑心鬼，土豆还值得偷。

我说：香甜一颗土豆都没偷上就送了一条命，让他们也掉到沟里跌断一条腿。

弟弟扛着一袋子土豆嘿嘿嘿地笑。

记住圣母河

张家沟是坐落在黄土高原上一个极小的村子，总共不过二十户人家。村前有一条弯弯曲曲的小河，河宽不到五米，每一年的冬天都要结上厚厚的冰层，三匹马拉的大车走上去也是稳稳当当，村里人都叫它过马河。

1939年深冬，有几十号人的日本兵作战小分队来到了张家沟。张家沟的百姓遭受日本兵的蹂躏已是在劫难逃。当时老百姓就有一句顺口溜："小个子日本人，说起来也不是人，见了东西起贼心，见了女人发兽性，杀起人来没人性。"

11月8日这一天，生下孩子不到三个月的蓝花正在家里给孩子喂奶，一个鼻子下面有一撮黑毛的日本兵突然闯进屋里，见了美貌的蓝花，嘴里叽里呱啦了几句，就要往蓝花身上扑，惊恐的蓝花拼命抱住了孩子，大喊救命，可村子里的人家户与户之间相隔又比较远，蓝花男人也早被日本兵抓去当壮丁了。可怜的蓝花看着怀里的孩子，泪水忍不住就下来了。日本兵好像看出了什么，一把抢过孩子，要往地下摔，机警的蓝花不知从什么地方获得了力量，从日本兵手里抢回了孩子。日本兵端起了枪，黑洞洞的枪口对准了蓝花。蓝花笑了，笑得那样的美丽和坦然，蓝花一件一件地将自己的衣服脱去，白嫩嫩的肌肤像一尊圣母像，日本兵先是一怔，继而像恶狼一样扑向了蓝花……

一股热乎乎的血从炕沿上流到了地下。就在一刹那，蓝花顺势抓起放在炕上的羊毛剪子，毫不犹豫地刺向日本兵的后背。蓝花在看完日本兵伸腿瞪眼的全过程后，很镇定地穿好衣服，抱起孩子，在日本兵的脑袋上套了一根很粗的绳索，后背背着孩子，两只手吃力地拖着那个死去了的日本兵，走向过马河，足足三里路，蓝花在冷酷的寒风中满身是汗。在过马河的冰面上，蓝花拖着日本兵的尸首，大声喊着：剜死你狗日的！剜死你狗日的！

村里的男女老少很快就集中到过马河边。日本兵在他们小队长的带领下也追到过马河边。日本兵看到蓝花的样子都感到害怕，他们颤抖的双手甚至失去了扣动扳机的力量。当鲜血染红了过马河的时候，日本兵也用完了所有的子弹。

后来，张家沟的老人们就把过马河改叫圣母河。

直到现在，每年的11月8日，张家沟的家家户户都要做一个抱着孩子的女人骑在一个男人身上的纸扎，然后在圣母河边烧掉，以此来纪念勇敢的蓝花和那个未曾有过名字的孩子。

如今，在张家沟的村前有一条弯弯曲曲的小河，不管季节多么干旱，它总是有清澈的河水流过。每年夏天，村里的男女老少都会跑到河里去浸水，他们都知道：圣母河的水能治百病。

从北向南（第二版）

SANWEN SUIBI JUAN

散文随笔卷

咨询这“营生”

故乡鄂尔多斯的人如果问一个人做什么工作会问：“你做甚营生的？”按照普通话的意思就是：“你是做什么工作的？”所以，在我们老家那里，“营生”就是指一个人所从事的职业。如果把“营生”展开来看，我愿意把它理解为“经营人生”。用“营生”来解读职业，智慧不智慧？我觉得这说到本质上了。从事一项工作是为了什么？是通过经营事业来经营人生，所以，民间才有那句“男怕选错行，女怕嫁错郎”的话。当然，现在是平等社会、民主社会，女人的成功或幸福不一定非得依靠男人。这暂且不谈，只说说如何通过事业经营人生吧，也就是干好自己的营生。

独自一个人静下来的时候偶尔会想：少年时的梦想怎么一不留神就成了现实呢？小时候，我经常和弟弟沿着公社门口那条土公路一直走，走上两三公里都走不到尽头，我们就不敢再走了，知道那是一条永无尽头的路。但我们懵懵懂懂地意识到，远方或者远方的远方一定有比黑岱沟这个小镇更大的地方。于是，“到远方去，看更大的世界”成了我儿时的梦想。而今天，我走遍了祖国的大江南北，全国的每一个省区市、大部分的地级市以及500多个县，近2000次的飞行，300多万公里的行程，体验了全国各地的风土人情，品味了各民族的美食佳肴，看遍了祖国的山川河流。这种行走在路上的生活，终于圆了我儿时的梦想。这种镌刻到血液和骨髓里的梦想，也深刻地影响了我的女儿，像我当年本着向父亲学习的精神毫不犹豫地选择了医学，她不仅本着向父亲学习的精神毫不犹豫地选择了人力资源管理，而且漂洋过海，到异国他乡求学，去圆她的远行梦。

有时我会想，如果不是在30岁那年几乎是不假思索地离开鄂尔多斯一路向南来到广州；如果不是在40岁那年彻底地离开体制内的单位，毅然地创办了属于自己的研究院和顾问公司，当跨入50岁门槛的时候一定会留下很多的人生遗憾。正所谓人不应该后悔做了什么，而应该后悔没有做什么。从2001年在医院工作时就断断续续地出来做咨询项目与讲课，到2008年彻底离开医院创办研究院和顾问公司专心从事医院管理咨询与培训工作，16年的咨询与培训生涯，我在全国各地讲课累计超过了1800天（平均每年都达到100天以上，有几年曾每年连续达到150天以上），培训了几十万名医务人员，见证了医院院长们的喜怒哀乐，见证了医务人员的困惑迷惘，而我作为“解惑者”与他们一起分担、一起分享，自己从中也感受到作为“布道者”的价值与成就感。

营生，就是通过经营事业来经营人生。而我，正是通过帮助他人经营事业来经营自己，通过帮助他人经营人生来经营自己，通过帮助他人达到完美来帮助自己达到完美。咨询这营生，可以让一个人变得大度与包容，让人看清自己的价值，也让人看清自己的不足。在全国各地接触了成千上万的志同道合者，有的是转瞬即忘，有的则是终生相交，他们都给了我生活的温度、生命的质度，让我在开创事业的孤独中感受到了温暖，让我在追求事业中感受到了成长和进步的快乐。对于生命中所有过往的人，我唯有心存感激，永怀感恩。

经常会碰到别人问我："你的生活要么是讲课，要么就是去往讲课的路上；要么是在飞机上，要么就是在去往机场的路上。你感到累吗？"此时，我也会想想，我累吗？可什么叫做累啊？当"累"这个词从不在我大脑主动出现的时候，我会累吗？魔鬼告诉浮士德："比爱更伟大的是兴趣。"如果你对一事情感兴趣了，你便会全情投入，为自己的兴趣付出，我想任何人都不会感觉到累的。宋代文人陈直在《寿亲养老新书》中提出：读书、谈心、静卧、晒日、小饮、种地、音乐、书画、散步、活动，谓之"人生十乐"。元代邹铉续写的《寿亲养老新书》里载有"人生十乐"：读书义理、学法帖字、澄心静坐、益友清谈、小酌半醺、浇花种竹、听琴玩鹤、焚香煎茶、登城观山、寓意弈棋。清代画家高桐轩也有"人生十乐"，即耕耘之乐、把帚之乐、教子之乐、知足之乐、安居之乐、畅谈之乐、漫步之乐、沐浴之乐、高卧之乐、曝背之乐。这些其实与西方国家倡导的阅读、休闲、社交、信仰、劳动、艺术、挑战、行善、俱乐部是殊途同归的咨询与授课实质上就是需要不停地阅读、不停地写作、不停地讲授，然后与朋友们交流、畅谈，小酌微醺那更是常有的事，忙里偷闲地登城观山、看海赏月自然也是少不了的事。如此看来，还能有什么工作像咨询这营生把人生的时间延长，把人生的空间放大的。

我喜欢咨询这营生，喜欢这一路行走的行当。

一路向南

任何人都抵御不了时光的流逝和岁月的老去，许多事情往往是要去做时却已深感力不从心。更大的问题是20岁时需要倾心尽力去做的事，到50岁时再做也许已毫无意义。随着年龄的增长，从现实的此岸抵达理想的彼岸的机会和途径越来越少，实现各种理想的可能性也越来越小，特别是在一个人“五十而知天命”甚至“四十而不惑”之后，岁月的沧桑与磨难使一个人无论在身体上还是心理上，都在不断成长与成熟的过程中自然而然地走向苍老。

在轻松与闲适中打发了那么多美好的时光，回过头来一看，许多日子无所事事地过去了，如果努力经营一下，也许能让每一个时刻都绽放异彩。看着一代又一代人在我们面前老去，一代又一代人在我们背后成长，有时真觉得人生短暂得可怕。

人生苦短，春梦无痕。对人生与命运，我有一种宿命的悲观。这不是颓废，任何人只有深刻地意识到人生的短暂，才有可能义无反顾地去把握和珍惜生命瞬间的辉煌。

我打小就清楚地知道自己在骨子里就是一个不安于现状的人。1998年深秋，处于黄土高原边缘地带的故乡内蒙古准格尔到处是一派丰收的盛景，连空气和泥土里都是那种谷粒的芬芳和乳汁般的味道。听到一声蛙鸣，与一头牛对视，都感觉到是那么的亲切而温暖。就在这种阳光融融，丰收的气息充盈着天空和大地的美好季节，离我30岁生日还有整整20天的时间，我快速地做出决定，毅然离开养育了自己30年的故土和让许多人羡慕的职位，一路向南，直抵南国广州。从祖国的版图上看，是从“鸡脊梁”来到了“鸡脚”，这一路风尘对于一个血气方刚的年轻人来说，应该说是充满了“风萧萧兮易水寒”的凄美和“壮士一去不复返”的悲壮。

离开家乡的前一个黄昏，我带着不满6岁的女儿到我出生的土窑洞做了一次离乡式的“告别”，准确地说是一种怀旧情绪的释放和对难以割舍情结的安慰。已经塌陷的土窑洞是我的先辈们在贫穷与愚昧中艰难生存的缩影。作为故乡的儿子，我清楚地知道实在不能为她做些什么。在母亲泪水涟涟的目光中毅然转身离去的游子，一路向南，如果在故乡以外的地方能够生活得更加美好，应该说这本身就是对父母、对乡亲、对故乡一种最真诚的慰藉与回报。我只能以这种情愫安慰着自己和父母。

我的祖籍是山西省河曲县。我的高祖在清末民初河曲县连年灾荒的时候，举家“走西口”来到了晋陕蒙交界处的内蒙古鄂尔多斯准格尔旗，到了我这一代已是第五代。承受惯了北方高原的干旱、风沙和在周而复始工作氛围中消磨时光的我，一直向往南方这片生长希望、梦想，也充满机遇和挑战的热土。虽然故土难离，但那句“所谓故乡，只不过是祖先人生旅程中的最后一个驿站”的话还是让我下了最后的决心。从某种意义上说，我喜欢这种变迁和漂泊，从北向南的迁移，生活环境和工作环境的巨大变化，我必然会承受很大的压力，而且对于未来到底能够获得什么，一切都是未知的，但生命本身难道不就是一次美丽的放逐与漂泊吗？如果人生没有一次次的选择与放弃，我又如何能感受一路的风雨和美景呢？

在故乡时，我就听说过在我生活的那个地区，人们一年喝酒的酒瓶子依次排起来可以环绕地球赤道一周。许多去过内蒙古的朋友也讲，那里的人很实在，个个是“海量”，讲义气，很豪放，喝起酒来不要命，只要会喝酒，和内蒙古人就没有办不成的事。听了这些话，我很是心痛，以至于区别不出豪放与愚昧的异同。人们在寒冷中喝酒和做梦，在豪言壮语中失去一次又一次前进和发展的机会。多少年来，人们不仅习惯了忍受落后与陈旧，而且还产生了免疫力，就像寒冷对于北方来说并不可怕。

在故乡生活久了，最大的感受是寒冷和风沙的季节远远超过了气候温煦的日子。人们在寒冷的冬天里穿着厚厚的衣服，蜷缩着身子，在外边无事可做的时候总是急急地往家里赶。家里热乎乎的暖气会让人感到惬意和坦然。因此，乡亲们极易安于现有的生活，他们很多的愿望就像在寒冷的冬天里能够有一个温暖的窝，只要能够畅快地呼吸就心满意足了。大多数人喜欢满怀激情地侃侃而谈，大有一定要干出一番惊天动地的伟业的壮举，但最终还是被自己设置的条条框框所束缚，最终把收获寄托在了某种精神世界的虚拟和假想中。

我的故乡长期处于农业文化的社会背景里，以人伦为轴心的社会关系与现代文明的对接总是无比的缓慢。因此，完全的计划经济的印痕一直困扰着那里经济的发展。我的许多朋友至今还有这样的观念：国有单位大树底下好乘凉，死也要死在这棵大树下。计划经济在一定程度上为懒人和庸人提供了生存的土壤，大家都可以无所事事，而且可以伸手去要，带不来任何效益也同样可以理直气壮地享受各种福利与待遇。面对前所未有的社会变革，大多数人也并不担心，并不害怕，他们会把“没有功劳也有苦劳”，我们国家历来是“老人老办法，新人新办法”，再改也会有保护政策作为一份心安理得的安慰剂。这种“官本位”的特权思想在老百姓那里也一样可以发挥得淋漓尽致。

对于故乡来说，干旱、风沙、贫穷和落后等都不是可怕的，可怕的是面对外部世界的快速发展，不求彻底改变现状，只求均衡平稳。作为长期生活在北方的人，难道不应该去南方看一看，走一走吗？南方一年四季里阳光明媚，雨量充沛，一年四季满眼绿色，生机盎然，人们在追逐物质生活的享受和精神世界的满足中忙碌着。我觉得30岁之后的人生，就应该是这样的生活。

一路向南，背对故乡，我是怀着对故乡的无限热爱和无奈来感受南方激情四溢的生活的。面对南方，我可以说一无所有，一无所知，我真的无法说出我需要多大的勇气和耐力迎接这个陌生的环境所带给我的一切，但我有勇气面对任何可能的挑战，有信心面对未知的一切，退缩不是我生来的性格，逃避也不可能是我人生的轨迹。既然来到了南方，就是做好了面对任何失败和接纳一切成功的准备，在未来人生的道路上，也许会遍体鳞伤，也许会掌声不断，但所有的一切我相信都是命运最好的安排。如此，我能做的就是一路坦然前行，初心依旧。

一路向南！坚定不移！哪怕30年以后再对故乡说一声：你的儿子回来了！

生者当在路上

某一年有一次在北京首都机场候机，贵宾室的服务女生问我：“先生，您飞哪里？”我回答：“我飞北京。”她惊愕：“这里就是北京啊！”曾经忙碌到忘记何时何地的事也是屡屡发生，好多次坐在飞机上想了好久才记起降落城市的名称，有几次甚至早上起来坐在床上居然一下子想不起我住在了哪个城市。在景惠创立10周年之际，团队成员都在梳理工作经历和个人收获，而我在统计自己的飞行里程和陆地里程时，居然快要接近400万公里，相当于围绕地球赤道飞行100圈。在40岁那年我执意选择以医院管理咨询和培训为生时，也没有想到我会如此的“行遍天下”。

每当我在书房里静坐灯下，想想如果当年不离开鄂尔多斯，或者即使在广州也不离开体制，日复一日、年复一年，那我今天又该是何种心态、情绪以及与众生同样结构的肉体又该承载着何样的精神世界。因为人生不能重来，所以这一切便不得而知。人生的惊险和神秘之处也正在于你选择了一种生活方式就意味着放弃了其他更多的生活方式。有人说，人生就是一路收获，可就我的人生体验来说，人生其实是一个不断放弃的过程。

我人生的绝大部分想法基本上都源于鄂尔多斯高原上一个叫黑岱沟的小镇。我的童年在那里发育，青春在那里萌动，梦想在那里孕育。少年时在那个山沟沟里朝前看是山，朝后看是山，往左看是山，往右看还是山。我少年时最大的乐趣就是带着弟弟、妹妹以及那些愿意和我玩的小伙伴们沿着镇上唯一一条能跑汽车的土公路走啊走啊，当走上十里八里，朝前看是山，朝后看是山，往左看是山，往右看还是山，一直走到实在走不动了，才返回。从那时起，在我幼小的心灵里就默默地给自己确立了一个坚定的信念，将来一定要走出大山看看外面的世界。这也是我尽管已经在鄂尔多斯工作了整整8年，也有了非常不错的工作平台，但还是毅然地在30岁那年将家乡变成了故乡，来到了梦寐以求的现代化大都市。当经历了从北向南的适应期、认同期以及融合期之后，我又感觉不到工作带来的那种挑战和成就感，于是在40岁彻底告别体制，通过自己创办景惠这个平台来再次挑战自己。经过10年的历练，从景惠被行业的认可程度可以证明自己当初选择医院管理咨询与培训是恰逢其时。在景惠创立10周年之际，我又将公司的经营管理权授予跟随我10年天南海北到处拼搏的年轻人，让我的梦想在她们身上得以延续。不是我老了，而是想再次升华自己，除了工作，需要有更多的时间行走在路上，看那些或婉约或悲壮的风景，给自己一种或平静或激昂的心境。

曾经的10年，我在辽阔的锡林郭勒草原饮酒放歌；在遥远的新疆穿越茫茫戈壁；在青海听塔尔寺的钟声；在林海雪原瞭望苍茫大地；在陕南感受历史的沧海桑田；在西安感受十三朝古都的深厚底蕴；在北京赏春天的桃花；在澜沧江畔体味“东方多瑙河”；在武当山下谈古论今；在江南漫步中国最美丽乡村；真情感受好客山东；在革命老区重温“星星之火”；在三峡领略“唯见长江天际流”的神采；在四川感受巴蜀大地的柔媚秀丽。除了自然的风景，给予我更多内心动力和不竭的精神源泉的是那些鲜活地生活着的人们，是那些为了壮美的人生而坚定地奔跑着的朋友们，是他们让我懂得了什么是良知，什么是正义，什么是梦想，什么是坚守，什么是友谊，什么是无以言表的感动与激励。

尽管每个人都有每个人的价值观，每个人都有每个人的生活轨迹，但我从内心深处真的不喜欢那种千篇一律的生活节奏和日复一日、年复一年的平淡无奇。一个人在习以为常的环境中生存久了，一切便由着惯性乃至惰性使然，自然会有些麻木，以至于生命中那些美好和感动，抑或悲壮与凄美也会视而不见。行走在路上，便会感受多姿多彩的风景，经历各种各样的风土人情，尤其是在做咨询时，各地医务人员不同的思维模式、个性特点和他们分享的人生经历，都会充盈我的精神世界。有时想想，如果今生不曾遇见这些风景这些人，那人生该是何等的遗憾。

生者当行走在路上。我过去的岁月虽然也行走在各地，但更多的是为了工作，看之前的工作统计数据，曾有连续几年每年的授课时间都超过150天，2017年年初曾给自己立下“军令状”，工作的总天数要比2016年下降20%，也强迫自己分别到英国和美国各休了半个月的假，但由于有多部著作需要整理出版，加之咨询和授课数量也未能大幅度减少， 2017年的日子主要还是处在工作状态之中。于是，还在2017年的年中，又开始提前计划2018年的旅游和休假行程。因为岁月不饶人，这个世界上还有许多地方需要去感受与体验。当然，我会把工作和休闲、旅游有机地结合起来，在工作之余忙里偷闲去观赏风景也是一种调节和放松。像之前那种虽然累计在四川工作绝对有一年以上的时间，但直到写这篇文章时还未曾去过九寨沟；在云南曲靖做咨询有三年多的时间，但还未曾去看一看珠江的源头；曾多次在庐山脚下讲课，却未曾爬上庐山半步；诸如此类的情况还多得很。这么说倒不是想证明我多么热衷于游览山水名胜，而只是想表达尽管自己常年在各地咨询和授课，但还是错失了许多路上的风景，所以，才需要调适出更多的时间行走在路上。

人过50岁，我发现值得自己骄傲和自豪的事情就是可以按自己的个性和兴趣自由自在地生活，当人们把“来一场说走就走的旅行”挂在嘴边的时候，我发现自己其实一路就是这么走过来的。我们生活在这个世界上，最美好和最幸福的事情就是任性地活着，可以对所谓的权势不屑一顾，也可以对财富视而不见，但这些都是以燃烧激情、播撒才华、丰富阅历、顿悟生命为前提的，如此便可天马行空、淡定自如。

行走在路上，图的不是看热闹，而是在每一个陌生的环境里用最快的速度找到自己的定位，正如我们在生活里的每一处每一刻都在扮演着不同的角色，我们必须时时刻刻与周围的世界进行互动和融合，但总归还是要留出我们与世界、与人生、与自己对话的精神空间。虽然我不完全认同叔本华所说的：“人的合群性大概和他知识的贫乏，以及俗气成正比。”如果我们都这么想，这个世界恐怕也会少了许多人与人之间的沟通、交流与友谊。但有适当的时间独处和忍受必要的孤独应该是人生的必修课。自己也曾担心被人遗忘，翻着通讯录寻找可以一起喝酒一起吹牛的朋友，也曾在偌大的城市喝得豪情壮志、天昏地暗，也曾感觉自己朋友遍天下，但今天翻看往日的照片，发现当年许多勾肩搭背的朋友却连名字也叫不出来。当然，我们不能否定当初的那种豪情与真实，但能够终生是知己的朋友又有几人，终归我们还是要和真实的那个自己相处、妥协与和合。从这个角度来说，独处和孤独才是人生的常态。许多个夜晚，我身在他乡，在酒店里默不作声地在电脑上敲打着文字，一看表已是凌晨，但却毫无睡意，这种生活状态莫名地唤起了我对生活的激情与热爱，也赋予了我对生命的敏锐和人生的彻悟。

行走在路上，便自然而然成为我人生的主题与宿命；路上的风景，磨光了我的岁月，也带给了我光亮；路上的朋友，给予我温暖，也包容了我的缺点。行走在路上，最美的不是能够抵达心中的高山，而是可以一直奋力地奔跑和无限地接近。

飞在云端

拖着行李箱，穿过安检口，走进候机室，打开电脑，修改一个又一个咨询方案，撰写一篇又一篇文章；登机，等待起飞，起飞后待飞机进入平飞状态后打开电脑，继续写作或阅读随身携带的书籍；飞机快要降落时关上电脑或合上书本，闭目养神30分钟；飞机降落，拖着行李箱走出机舱，走出机场，遇上接机人，上车，入住酒店，如果到达的时间早，则继续写作，时间晚则匆匆洗漱倒头就睡，第二天要么讲课要么开咨询方案讨论会。十几年来，年复一年，日复一日，靠着时间的流逝，把天上飞的里程和地上坐车的行程累计起来硬是超过了400万公里，在酒店住宿时间累计超过了10年，有1000多顿正餐都是吃飞行餐，但所有这些，都未能影响我对这种“空中飞人”生活状态的热爱，我觉得它可以让我感受不同的地域，接触不同的人，领略不同的风光，体验不同的生活状态，在最短的时限里浓缩出人生的精华和生命的多彩。

因为飞行的航段多里程长，自己已经是多家航空公司的金卡和银卡会员，加上持有多家银行的贵宾卡，虽然很多时候坐的是经济舱，但总是可以享受贵宾式的候机服务，这样一来可以节省办理登机手续和候机的时间，二来可以在安静的候机环境中完成一些工作，更主要的是行走在舒适、优雅的环境中可以带给人一种自豪感和优越感。如今享受类似这些高端的服务已经习以为常，但在当年，对于我们这些小人物来说，由于虚荣心的存在，这些外在的东西还是会带给我们一些小小的成就感。所以我一直认为，对于创业初期或者初出茅庐者在内心不够强大的时候，通过这些外在的东西来驱动和激励自己还是有一点点必要的。这并不是爱慕物质或追求虚荣，而是一路走来我们必须承认精神的健康也需要充裕的物质条件来保障，否则人类就没有必要追求财富。良好的出行条件可以给人相对轻松愉悦的心境，记得曾经有许多次凌晨4点多飞机起飞，降落到目的地已是早上8点，从机场赶到会议地点正好9点，连早餐也不能吃就得马上开讲。印象深刻的是有一次飞机晚点到凌晨3点，结果最后通知航班取消，结果第二天的课程最终推到了下午4点至晚上10点进行，尽管遇到这些事情很让人上火，但出于对讲师工作的热爱和飞行生活的适应，我还是能够以平和的心态来应对，我总认为并不是所有的人都能有机会来感受这种生活所带给我们的新鲜感、满足感、成就感和幸福感。

选择飞机出行的人，相对来说素质会比较高点吧，反正遇到大声喧哗，或者放大声音看电影或者听歌的人只是偶尔碰到，大部分会睡觉、挂上耳机听音乐或看电影，当然也有一大部分人看书或者打开电脑处理公务，而我则对自己有个不算规矩的规矩：如果飞行在1.5小时以内，我就看书，飞行在1.5小时以上，我会打开电脑撰写咨询方案或修改讲义。在相对安静的机舱环境里，喝上一杯咖啡，静静地阅读，既有助于思考，也有助于记忆。如果飞行时间比较长，或者遇到折扣比较低的票价，我则会升到头等舱，感受更加舒适的行程。我也曾见过许多文章赞美某国大使或者某位知名企业家出行只坐经济舱的报道，但以我个人的认知而言，坐与不坐头等舱并不能证明什么，只是人们的喜好不同。我见过出行只喜欢坐火车，但喝一瓶红酒却要上万元的老板。邀请我讲课和做咨询的医院基本上只能报销经济舱的票价，但我还是喜欢偶尔加点钱升到头等舱，主要是希望不要让每一次出行都弄得疲惫不堪，尽可能提升出行的舒适感和乐趣。如果是坐经济舱，我固定的位置基本上是前排靠走道，因为坐久了可以方便起来活动。如果是坐头等舱，我则喜欢选择靠窗的位置，在整个飞行过程中，一边看书一边品着红茶，如果想喝点红酒，机上也是提供的。感觉累了，可以品着红酒，望着舷窗外如群山般层峦叠嶂的云海，仿佛自己就生活在蔚蓝色的云海间，自在而空灵，那时就可以把垃圾情绪尽情释放，让心情得到过滤和净化。

我80%以上的飞行都是夜间飞行的，因为白天的时间对于我们这些培训师和咨询者来说绝对是贵如黄金。每次飞机快要降落时，一个城市的夜空会尽收眼底，俯瞰城市的万家灯火和高速公路的流光溢彩，亦真亦幻，便不由地想，其实一个城市有一个城市的灵韵，一群人有一群人的温暖，能够活着便是幸福。想想自己30岁时拖家带口一路南下，在人生地不熟的地方谋求发展，难免会有孤独和寂寞，那时我就会听着德德玛的歌《我的根在草原》，用“我是父亲心爱的骏马”“我是母亲放飞的雄鹰”来自我激励，暗下决心有一天一定要像骏马一样奔跑在祖国各地，像雄鹰一样翱翔在蓝天。而今天，当这一切已经梦想成真的时候，我才能静静地回味过往的经历，体验曾经的心境，虽谈不上人生激荡，但也是冷暖自知。

像我们这些将授课与咨询作为终身事业的人，注定是要与飞行相伴的。但如果你即使不是授课与咨询者，也应该有一些飞行生活的经历，因为，我们需要吸纳更多的新鲜空气，我们需要品味更多的美味佳肴，我们需要欣赏更多的美丽风景，也需要有别样的人生旅程。如此，我们的人生才是充盈的，才是值得回味的。

不要遇见

很多时候，不要遇见比遇见要更幸运更幸福。

相遇就是缘分，这句话恐怕早已被人说烂了。但人的一生中有许多事恰恰是不要遇到才是最好的。比如，谁都不希望遇上哪怕是一点小小的疾病，就连我们这些经常搭乘飞机的人，都希望不要遇到航班晚点，更何况不可抗拒地遇到了海啸、地震这些天灾以及各种各样人为的灾难，又会是多么的令人沮丧和不幸。

你渴望遇到能够与你产生心灵共鸣的人，你渴望能有一段震撼心灵的经历，你渴望遇到能够让你沉醉的风景……能够遇上当然是幸事。对于大多数人来说，这些人生的经历总归是有过的，也必然是我们人生难得的体验与财富，也必然地丰富我们人生的内涵和升华生命的品质。

但人过五十，突然觉得有些事不想遇上了。有一句话叫：相见不如想念。有一位朋友说，他从小学三年级至六年级有一个同桌，现在想起来都应该是非常聪慧可爱的那种小女孩，尤其是笑起来的两个小酒窝让他记忆深刻，还有胖乎乎的两只小手，让当年情窦尚未初开的他也会小心脏不由自主地跳得飞快，因此，能够再见到当年的同桌一直是萦绕他整个青年乃至中年的一个挥之不去的想法。直到有一天同学聚会，他真真切切地见到了当年的这位同桌，才发现萦绕在他心头的想法被眼前的现实击打得“面目全非”，当年笑起来脸上有个小酒窝，两只小手胖乎乎的小姑娘居然变成了一位喝起酒来满口粗话，张口闭口就是钱和奢侈品包包的一位“悍妇”，当年的清纯印象一顿饭下来就荡然无存。有一位熟人讲，当年光着屁股玩大的发小，即使都结婚成家了也要隔三差五地在一起吃肉喝酒，而且一直是无话不谈的好朋友，可他的发小当上了副县长，他还是一名在车间天天要倒班的普通工人，慢慢的两个人就少了来往，后来逢年过节给他的发小发祝福的短信，人家都不会回，再后来，打电话也不接了，这位熟人在讲这个段子的时候，从他的语气中可以感受到他的感慨、无奈，甚至还有那么一点点愤慨。就第一个故事而言，我觉得是朋友想得太多，他在那个小学女同学身上寄托了太多的不着边际的幻想，如果他不能从幻想中走出来，那么在那次同学聚会上他没遇见那位女同学，也许记忆和回味会更美好。至于第二个故事，这位熟人如果在给他当副县长的发小发了两个短信都无回音的情况下，就应该断了与他发小还要联系的念想，把童年时代的天真烂漫作为美好的记忆珍藏在心底，如果后面相遇了反而会尴尬。

生命中应该有太多的不该遇见。

如果我们一路走来遇到的都是心怀感恩的人，我们便觉得这个世界是多么的温暖和美好，可偏偏在你心存美好的过程中，遇上了一位忘恩负义、心胸狭隘的人，这个人便破坏了我们对人生的那种美感。这时便会想，如果今生不要遇到这个人该有多好。

如果我们曾经遇到的每一位上级都能够充分了解我们的

优缺点，把我们安排在合适的岗位上，可就在我们顺风顺水不断实现人生理想与抱负的过程中，偏偏遇到一位嫉贤妒能，看不得别人比他强的上级。这时便会想，如果今生不要遇到这样的上级该有多好。

在我们人生的历程中，我们必然会遇到形形色色的人，有一些人在当初遇到的时候可以说是聊天投机，合作愉快，但因为某一方面彼此不能满足，甚至就因为时光流逝，心境改变，再遇到一起很可能就是话不投机半句多，甚至相互之间的关系乌烟瘴气。这时就会想，当初不要遇见这种人该有多好。有些事情不是谁对谁错的问题，而是当曾经友好默契的关系荡然无存的时候，你会发现当初形同路人或许比深交还更好。

静下心来想一想，人生其实就是在一列列奔跑的列车上下车与上车，我们不知道在每一趟列车上会遇到什么样的人，我们在没有上车之前，或许会有一种不经意的期盼，期盼能有一次一见如故的偶遇，或者比较投机的交流，但绝不期盼坐在旁边的人毫无顾忌地吸烟，肆无忌惮地打呼噜甚至是咳嗽吐痰，遇见或不要遇见都成了旅途中的一种期盼和奢望。

人过五十，不是不想遇见，而是害怕遇见，害怕遇见有煞风景的人和事。但又不可能不遇见，遇见美好的东西是缘分，遇见不美的东西是命运，只不过，我们的人生经历让我们学会了遗忘、淡定、从容甚至是视而不见。

不要遇见，是我50岁之后人生的一种期盼。

咨询者琐思

改变自己是一种挑战，改变他人更是一种挑战。当我们谈论领导力的时候，其实就包含了自我管理的能力和依靠影响力改变他人的能力。

从2001年开始第一次到山东授课，到2007年离开体制内医院出来创业，以医院管理培训师和咨询师的状态已经工作和生活了整整16年了，这16年除了对自己的身心是一场持久的考验与历练外，更主要的是对自身能力的反复检验与持续提升。16年来，不仅完成陆空合计400万公里的行程，1万多小时的授课，230家医院的管理咨询；还撰写了100多万字的著作和完成了数十个专项课题，平均每天工作12小时以上，可谓几番努力，几多风雨，几番耕耘，几番收获。

记不清有多少个凌晨四五点钟，自己从家中、从酒店悄悄起床，拖上自己的电脑包和行李箱赶赴机场；更记不清有多少个夜深人静的午夜，自己从机场出来匆匆打车赶回家中。同样记不清有多少个夜晚自己在酒店里敲打着文字，撰写和修改着咨询方案，还有与上万名医院管理者纵论医院管理和改革，为梦想，为事业，为生活，一路走来，执著地、默默地、不曾回头，不求轰轰烈烈，不求掌声不断，只为更多的时间能被自己感兴趣的事情占有，只为能被更多的人认可后的那种充实。

咨询顾问不仅仅要答疑解惑，还要制订方案，更主要的是推动执行。咨询顾问在自己的咨询领域不仅仅要具备完整的理论体系，还要有实际工作经验的积累，更主要的是需要有在咨询现场的实践锤炼。因此，总结自己的成长经历，可以把整个咨询顾问的成长历程概括为学习者、实践者、传播者、沟通者和咨询者。

学习者就是要进行完善、系统的理论学习，为成为一名合格的咨询顾问储备知识，任何问题的解决都必须建立在基本的理论基础之上，即咨询者制订的方案要经得住追根溯源。

实践者就是必须将自己所学的知识应用于实践，在实践中进行反复检验，同时自己也必须身体力行地去操作和实践，成熟的咨询顾问一定是敢于告诉客户："这件事我至少做了不下10次。"因此，我们不要说"我知道"，而是说"我干过"。

传播者就是能够把自己学到的做过的经过总结提炼告诉别人，即咨询业所说的传经布道，是不是一个合格的传播者关键看他的融会贯通、演讲表达能力。

沟通者就是针对某些问题能够进行说服别人接受自己的观点，且双方产生共鸣，对问题的解决方案达成一致。

咨询者是在前面几个阶段历练的基础上，做到既能够讲授、沟通，更能够制订实施方案和组织推动，要求不仅要有朋友般的真诚、老师般的情怀，还要有企业家的魄力和管理者坚定的执行力。优秀的咨询顾问必须努力将知识、智慧、管理技巧和领导艺术尽可能集于一身。

因为近乎苛刻的条件要求，所以，我一直对咨询顾问这一称谓充满敬畏之心，觉得只可接近，不可超越，每一个咨询项目在结束之际，回头一想仍然有许多不完美的地方，但正是这种不完美诱惑我必须接受一个又一个项目的挑战，迎接一次又一次对自己、对团队能力的检验。

十几年来，因为咨询顾问这一职业，我领略了祖国各地风光各异的美景，也感受了天南海北不一样的风土人情，也借助这一职业能够与生活在不同状态中的人们促膝谈心，有了更多的机会去了解人们真实的欲望、情感、追求与梦想。遇到的每一个地方、每一个单位、每一个人，他们都或多或少让我对工作、对生命、对生活有了更多的感悟和理解，他们对我才华和付出的认可让我真切地感受到了活着的动力与意义，也让我体验到了生命在拼搏与奋进中所彰显出来的那份激荡与美好。

咨询者，永远在路上，永远在迎接挑战，永远在默默耕耘，永远在追求完美。

那一片海

因在南海之滨的汕尾市有近五年的生活经历，因此格外钟情于大海。今生第一次看到海是1998年在汕尾红海湾畔的遮浪。第一次领略波涛滚滚的海浪，犹如看到一群奔腾的骏马迎风而来，而惊涛拍岸的声音又让我瞬间产生了莫名的无助感。对大海的陌生、熟悉、想象，到喜欢大海，其间是一个复杂的情感过程。大海的温柔、静谧、淡定、汹涌、咆哮甚至是肆虐，又何尝不是我从北向南的人生，时而如山涧里的溪水清纯而甜美，时而如大海翻滚的波涛难以平静……经历了该经历的一切，面朝大海，心若能平静如水，这该是何等的大收获，何等的大幸福，而我还在不懈地追逐中。

生活在汕尾，全家经常会到海边散步、戏水、游玩，自然也会听到许多关于大海的传说。比如有关遮浪的传说就很富有哲理，传说南海观音娘娘曾来到美丽的遮浪，看到这里海波荡漾，渔歌声声，一派国泰民安的景象，便驻足这人间不忍离去。为了测试人心，观音娘娘化作一老妪，向岛东一艘满载着鱼的船乞鱼，不仅没有得到鱼，反而还遭到了一顿奚落，遂兴风作浪以示惩戒；观音娘娘又转向岛西的渔船乞鱼，渔民虽然只打到几条小鱼，却出于怜悯之心全部奉送，观音娘娘大喜并赐福平安，让其海面风平浪静以彰其善……如果你坐在西海面的礁石上，望着平静的西海面，依然能听到东海面的阵阵涛声，仿佛因愧对观音娘娘而悔过。有一次和单位里的年轻人结伴拍日出，便夜宿遮浪，几个人坐在一块巨大的礁石上，一缕月光轻轻地掠过我们所坐的礁石，听着节律均匀的涛声，我突然有一种发自内心的感动，一段经历中所有的不快和烦恼全部烟消云散，心中好像增添了无限的力量，而且有一种母亲满是老茧的双手轻轻抚摸头顶的感觉，我意识到自己在月夜下的遮浪找到了一种精神上的关怀和心灵的慰藉，这种关怀和慰藉能让人超然物外，懂得宇宙的浩瀚无垠和个体的微不足道，并切身地体会到了人生的真正幸福是心灵的充盈与精神的自由。应该说，是汕尾遮浪的海让我此生永远地爱上了大海，习惯了风浪，缠绵于波涛。

后来，便有更多的机会去看海，大连的海，秦皇岛的海，天津的海，威海的海，烟台的海，青岛的海，南通的海，上海的海，宁波的海，温州的海，福州的海，厦门的海，泉州的海，汕头的海，深圳的海，香港的海，珠海的海，澳门的海，湛江的海，北海的海，海口的海，三亚的海，基隆的海，台北的海，高雄的海，花莲的海……在基本上观赏完中国的海之外，新加坡的海，泰国的海，澳大利亚悉尼的海、珀斯的海、布里斯班的海，英国布莱顿的海、贝尔法斯特的海、格拉斯哥的海，美国旧金山的海、洛杉矶的海、波士顿的海，俄罗斯海参崴的海……每一片海都有各自的不同，每一次观海，都因不同的年龄、不同的心情和不同的人以及不同的目的而感受各异。

记忆最深刻的那一次看海，是在英国。那是2014年的深冬，我和妻子第一次去英国，去看当时在苏塞克斯大学商学院读本科的女儿。她住在布莱顿，英格兰南部的海滨城市，海边满是密布的鹅卵石，与中国的海滩感觉完全不同。大海边有许多白色乔治风格的别墅错落有致地排列着，让布莱顿海滨有一种别样的奢华。女儿带我们吃了据她说是布莱顿最好的海鲜，而我尤其喜欢那里的油炸圈饼和爽口的鲜榨啤酒。

在布莱顿，我喜欢漫无目的地徜徉于城市中的大街小巷，特别喜欢看那些承载英国传统与历史的古董店，还有就是懒懒地躺在鹅卵石沙滩上晒太阳。完全的异国他乡，完全的陌生环境，但我还是莫名其妙地喜欢上了这个小城，以至于让女儿好几次带我去看布莱顿的房价。如果真想住在那里，房价倒不是问题，关键是和谁煮酒论英雄，言谈天下事。2015年参加女儿本科毕业典礼时，我们又格外地多计划了一些时间，继续徜徉于布莱顿的小巷、餐馆、海边、酒吧，感受异国风情带给我们的新鲜和激情。2017年年初在华威大学商学院参加女儿硕士毕业典礼时，女儿执意要回布莱顿再住上两晚，但因为要到北爱尔兰，时间很紧，未能如愿。女儿每每谈起布莱顿，可以说如数家珍，角角落落的一些东西她都记忆犹新。我知道，那是她正值桃李年华远涉海外的第一站，那里应该有她太多的付出、孤独、无助以及成长、快乐和收获。

2017年夏天女儿同时收到了本科母校苏塞克斯大学商学院、硕士母校华威大学商学院等多所大学的博士入学通知书。当时，她几乎是不假思索地要回到布莱顿，一是她对布莱顿这座城市的无限喜欢，二是苏塞克斯大学商学院院长和人力资源管理系主任同时担任她的导师。但后来她还是选择了世界排名更前的华威大学商学院，因为她的研究方向为医疗人力资源管理，而她的导师在这一研究领域在全世界具有相当高的知名度。不过，女儿也说了，在英国读博的几年间，每年重回布莱顿那是必须的，她要看那里的海，想那里的事，寻找青春年华的记忆。妻子说我们全家人都有恋旧情结，女儿对于布莱顿的热爱正如我对汕尾的热爱。我曾经在随笔集《纯粹生活》中这样抒发了我对汕尾的情感："汕尾是一座濒临南海的滨海城市，这座城市给我的印象是温暖而又伤感。刚来时大街上四处弥漫的海腥味总让我怀念北方辽阔牧野上的烤羊腿，那是一种城市的诱惑和思乡情绪共同笼罩的心态。如今，我已经完全适应了这里的生活，汕尾也给了我一生中许多刻骨铭心的记忆。若干年以后，假若我又漂泊到了另一个地方，想起汕尾，我想我会和现在想起准格尔是一样的，心情惆怅和满眼泪花。"

带自己的父母看海似乎成了女儿的惯性思维，她带我们几乎看完了英国所有的海，在美国自驾游又基本走完了沿海高速，观赏了美国壮美的海滩风光。她说今后要带父母到世界各地继续看海，我也把看海当成了一种习惯，已然成为我生命中不可或缺的重要组成部分。

经历了跌宕起伏的人生，我终于明白了，所谓最美的风景，一定融入了我们深厚的情感。一处风景、一座城市，之所以能让我们记忆犹新或者刻骨铭心，一定是和一个故人或者一段往事紧密相连的。不管是汕尾的海，还是布莱顿的海，抑或深圳的海、香港的海、基隆的海、新加坡的海、泰国的海、悉尼的海、旧金山的海、洛杉矶的海、 海参崴的海……都是我们别样的记忆，别样的经历。

那一片海，那一群人，那一段事，该是我们人生何等美丽的景致。

旅行者的感悟

人生在世，我们必然会在每个不同阶段、不同环境中承担着不同的角色。平淡无奇的人生如果日复一日、年复一年，每天看着同样的风景，每天做着同样的事，每天固定着与有限的那么一些人交往，我觉得总是少了一些涟漪，少了一些情趣，久而久之，甚至会丧失生活的激情与乐趣。有些人一辈子就在一个地方居住，一个单位工作，从参加工作到退休甚至连办公室都没有换过，虽然不停地移居不一定是多么好的事，但如果生活在一个城市连一套房子都不换一下，难免也会失去一些生活的体验。比如，你住在一个城市的生活区一住就是一辈子，你感受到的可能永远就是那么一种氛围，如果到文化区住住呢？到商业区住住呢？这么说不是让人追求奢华的生活，而是人一生中可以调度和使用的资源是极其有限的，我们完全可以在不浪费资源的情况下尽可能更多地去体验不同的生活状态。这种思维一直根植在我的脑海里，所以在内蒙古鄂尔多斯生活了30年后，义无反顾地离开家乡南下广东，在汕尾居住、工作、生活了四年多后，迁移到广州工作和生活，在之后的十几年里又搬过三次家。生活地点的迁移也是需要一定的成本的，不单单是经济方面的，还有心理、精神方面的，单从适应一个地域的人文环境来说就需要一些时日，但人们大多又想去体验不同地域、不同环境下的生活状态，于是，旅行便可以很好地满足和平衡人们的这种欲望和需求。

由于咨询工作的特点，我一年有九个月行走在各地，走到哪里都会有热情的接待和深入的交流，不仅沿途可以观赏美景，还可以深入城市、乡村体验当地的传统习俗。行走在不同的路上，不同的地方，让人有不同的感受，不同的心境，特别是在咨询过程中与当地朋友的深入互动，让我感觉到自己就是他们组织里的一员，就是在那个地方生活着的人。由此，可以说，短暂的生命里我曾在祖国的每一个地域工作过、生活过，特殊的工作经历让我拓展生命的宽度，升华生命的品质。而对于很多地方，尤其是国外，我是无缘有这种经历的，于是，便爱上了旅行，让旅行来弥补这些缺憾，让旅行来为自己的生命融入更多的内涵，增添更多的色彩。

近几年来，我在努力地压缩着工作时间，想尽可能地平衡好工作、学习与生活，想有更多的时间轻松地行走在体验各地风土人情的路上，也曾在笔记本上强制自己做出计划：每年在国外至少生活一个月，在国内至少旅行休闲半个月，虽然未能完全做到，但时间上已经基本接近，50岁了，应该多一些闲云野鹤般的生活。

走的地方多了，会发现各地的人都在用他们特有的方式过着别样的生活。旅行让我们发现不同地域的人、不同民族的人、不同肤色的人，都有着不一样的价值观，都有着不一样的生活方式，他们可能是深藏不露的官员，可能是富可敌国的商业巨子，可能是低头劳作的农民，可能是激情奔放的艺术家，也可能是内心孤寂的苦行僧，或者是无助的失意者，甚至是赌徒、酒鬼和电信诈骗者，他们都以自己对这个世界的理解方式，用他们自己的姿势生存、生活着，即使你不曾来过，他们也是这种姿势，也是这种方式。旅行，让我们遇见他们，也让他们遇见我们。或者相互观赏，或者相互好奇，或者相互猜测，或者相互防备，每一处的生活都不管你在场与不在场，都在一如既往地进行着。每一个旅行地，哪怕在你的记忆中刻骨铭心，但对它来说，绝对不会记忆你是否来过。如此，旅行便是绝对个性化的一件事，绝对是享受体验过程的一件事，我们在旅行中体验、领悟、修炼，追寻生活的本质和生命的真谛。

定居大城市是自己青年时期梦寐以求的一件事，甚至是一生追求的目标。当没费多少周折就扎根大城市后，却慢慢厌倦了喧闹、繁杂、以及那些可有可无的聚会、交流和各种各样的会议，此时回想乡村小镇的炊烟、鸡叫、蛙鸣，原来再美的风景也有审美疲劳，再热闹的欢乐也需要有独处的时候，此时才顿悟：肉体的享受早已失去了纯粹，唯有用心灵去领悟。

为了应付每年回北方过年，家里有一件十几年前买的大棉衣，虽然略显陈旧，但舍不得扔掉，因为它承载了许多的记忆与温暖，有一天突然想再穿一穿这件旧棉衣，便查下哪里下雪了，一张机票飞过去，穿上旧棉衣，一种情怀、一种温暖便全身袭来。为了一件旧棉衣就来一场说走就走的旅行，这便是我们所追求的自然而然与淡定从容。

旅行，是为了放慢让我们身心疲惫的脚步，不一定要登更高的山，也不一定要涉更远的水，只是想让灵魂有所安顿，让近乎枯竭的情怀去感受大自然的沐浴与滋养。

我们应该成为旅行者，用我们各自的方式，表达对这个世界的感受与爱。

景惠的企业精神

30岁从内蒙古鄂尔多斯南下广州，40岁离开体制自己创业，创办景惠管理研究院，经过10年的努力与拼搏，现今的景惠医院管理顾问集团已成为医疗行业内认可的医院管理咨询机构，特别是在医院人力资源管理咨询方面，其咨询案例的数量和出版著作的成果均在国内领先。当年正是怀着一种梦想和执著立志从事医院管理工作的，而步入医院管理培训和咨询这一行业，完全是医院推着走到这一步的，因为自己经常在国内的医院管理杂志上发表文章，一些医院管理者看到后觉得很值得借鉴，便开始有医院邀请出去交流和讲课，这一讲便一发而不可收，从一年十几天、几十天，很快就发展到一年讲一百多天，而且咨询的需求也越来越大，于是，自然而然创办起了自己的公司。没有业务开拓部门，也不用刻意去营销，创业10年所有的客户都是自己找上门的。回想10年的经历，与我初创公司时提出的景惠精神是分不开的。我觉得自己创办的公司就应该与我的价值观和个人性格一样，尤其是要与我南下10年所取得的人生经验相契合，所以，当初几乎是在不假思索的情况下，自己写下了景惠的企业精神应该是“专注、包容、惜缘、感恩”。10年间，也曾想用更好的理念去替换，但我觉得还没有更好的词汇能像这四个词一样代表景惠的个性与品格。

我对景惠企业精神的诠释是：专注是指一个人的注意力高度集中于某一事物的能力。注意力的集中与否直接关系到一个人的某项工作或事业是否能够取得成功。专注是所有学者和事业型人才的共同特征。法国生物学家乔治·库维说："天才就是不断的注意。"苏联心理学家普拉托诺夫说："要想使自己成为一个注意力很强的人，最好的方法是，无论干什么事，都不能漫不经心！"现在社会诱惑很多，可选择的职业也很多，我们不管做什么事，只有保持注意力，聚精会神，才能事半功倍。所以，我也特别相信"心止一处，无事不成"这句话。

包容是一种非凡的气度，宽广的胸怀，是对人对事的宽容和接纳。包容是一种高贵的品质、崇高的境界，是精神的成熟、心灵的丰盈。包容是对别人的释怀，也是对自己的善待。包容是一种生存的智慧、生活的艺术，只有博大的胸怀包容万物才能够迈向成功。我们景惠的顾问们来自不同的地域、不同的院校、不同的家庭，我们的生活观念、人生价值观都可能有很大的不同，每个人只有学会包容，才能把景惠营造成一个和谐快乐的大家庭。

中国有句古话叫"前世五百次的回眸换得今生的一次擦肩而过"。大家遇在一起是相当不容易的，医院能花不少的费用请我们做咨询也是相当不容易的，我们必须珍惜这种缘分。我经常在思考，人生的意义是什么？我们到底追求的是什么？什么是成功的人生？……管理大师德鲁克说："根本没有成功这一回事，生命是一个过程，所有的成功不过是我们用以自鉴的镜像，直到有一天，我们看到的是沧桑和衰老。”我喜欢这句话，其实人生压根儿就没有所谓的成功，我们空空地来，又空空地走，我们的幸福就是从青春年少到慢慢沧桑与衰老的过程。那么，在这个过程当中，还有什么比缘分更值得珍惜的。我觉得人活在世界上就是一种缘，遇到什么人也是一种缘，大家在一起工作就是一种缘。我们咨询机构不像大型公司或其他企业，每一个咨询团队都是由几个人组成，对沟通要求特别高，要像家庭成员一样相处才行，所以，我们必须要像珍惜父母兄弟姐妹一样珍惜我们之间的缘。

牛津词典给感恩的定义是：“乐于把得到好处的感激呈现出来且回馈他人。”在佛法中，经常说“报四重恩”：一是感念佛陀摄受我以正法之恩；二是感念父母生养抚育我之恩；三是感念师长启我懵懂，导我入真理之恩；四是感念施主供养滋润我色身之恩。人生不如意的事十常八九，我们不应该动不动就觉得社会对不住自己，老板对不住自己，别人对不住自己，要学会知足，学会感恩，这样人生才能有大长进，事业才能有大成功。

从景惠创立时起草一直沿用至今，展现景惠文化精髓的“景惠十七条”中的第十七条是：景惠员工要保持健康的心态和健康的生活方式，学会诗意地生活，懂得在人生的奋斗中感悟生活的美好和生命的珍贵。这也是我对景惠每一名员工都能够专注工作，艺术生活的一种期待与祝愿。

回乡是人生的另一种温暖

秋天的准格尔阳光和煦，连空气中散发的青草味道都是亲切而温暖的。

从1998年离开家乡准格尔，平均每年至少回乡一次。自从过了40岁，春节基本上是例行要回去的。除此之外，则大多是在清明节或回家乡的医院讲课。这次再回到我曾经工作过的医院，遇见那些熟悉的同事与朋友，真是有一种“年年岁岁花相似，岁岁年年人不同”的感慨。有的人已经退休不在医院上班，有的人已经头发花白，有的人额头已经有了深深的皱纹。当年在同事心目中年少轻狂的少年现在说话也变得慢条斯理，显得沉稳老练，并且担任了领导职务。这些让我突然觉得青春不在，曾经的梦想已远。但那些熟悉的声音和灿烂的笑容却一直未曾改变。

近几年，我基本上每年都要回到故乡授课，除了故乡的卫生局、医学会和几家医院邀请外，先后到过呼和浩特、包头、乌海、赤峰、呼伦贝尔、锡林郭勒等地授课，同时也为几家医院实施管理咨询并长期担任管理顾问。有些地方即使我以前在内蒙古的时候也未曾去过，因此，每到一处我都倍感亲切，如同见到亲人一般。虽然在内蒙古生活了整整30年，但我所生活的地域属于晋陕蒙的交界之处，严格来说仍然属于农耕文化的地域，所以对于草原上牧民在某些方面的生活习俗还是比较陌生的，多次到草原的行走，激发了我对草原的浓厚兴趣，想花更多的时间去了解真正的草原和草原上人们的真实生活。在骨子里我是热爱草原的。我和草原应该是命里有缘的，只不过需要我的灵魂能够与它有更多的契合与交融。

回到故乡鄂尔多斯，感觉内蒙古的每一个地方都是温暖而亲切的，尤其是家乡医院的管理者们对我的认可，给我一种精神的鼓舞和生活的激情。回首自己的人生旅程，从初到广东的陌生、不适应、对家乡的思念、到慢慢适应广东的生活，再到现在天南地北到处飞，我才深切体会到他乡不可能是自己的灵魂安放之处，故乡也不可能是。真正能够安放自己灵魂的地方是自己的内心，真正能够让自己宁静的是那些经历过的或悲伤、或幸福的往事。

应该是1999年在深圳的世界之窗或者中华民俗文化村第一次听到萨克斯名曲《回家》的。那时我不知道它的作者是肯尼·基（Kenny G），对它背后的故事自然也是一无所知。我被曲子的忧伤缠绵、旷远缥缈莫名地吸引着，那时我离开鄂尔多斯还不到一年，对南方的生活还有一种天然的隔膜。这也不能说是不适应，而是心灵有一种悬空感，或者说是天、地、人之间的一种疏离。因此，突然感觉到《回家》的旋律是一种温暖的召唤；是他乡游子乡愁的淡淡抒发；是深夜里被一个人拉着手慢慢走过黑暗的温暖；是童年的小路上与一头牛的默默相望。那一刻我特别渴望在母亲烧热的炕头上睡一个好觉，做不做好梦都无关紧要，只要能够闻到夕阳下的炊烟味儿，能够听到灶台上的煮水声就行。后来有意识地去了解和理解《回家》，知道了作者是肯尼·基。肯尼·基所钟爱的女人曾离开过他，他很悲伤，创作了《回家》，一直吹，吹了整整十年，最后她终于回到他的身边。我曾被这个故事深深地感动，是啊，天下还有什么能比爱有了归宿更让人感动的呢？《回家》是思乡情绪悠长而又舒缓的释放，是遥远的召唤泛起的宁静的哀伤。我曾在许多个夜晚静静地品味，它把我的思绪带向空旷辽远的牧野，甚至能让我回味起家乡马头琴的悠扬与二胡的凄婉。在茫茫世界里不停奔波的我终于意识到回家是自己一生的主题，是一生的选择，是一生的目标。

于是，我在40岁以后便开始年年都要回家，回到故乡。感受故乡的春风抚慰自己的脸颊；感受与亲人们在一起时的自在与温暖；感受与朋友们在一起饮酒与放歌时的豪情；感受与儿时的伙伴畅谈少年记忆时的趣味与温馨。家不需要给你财富，更不需要给你奢华，但家是永远的支持、信任与力量。

回家，或探亲、或访友、或讲课、或咨询，都给了我无限的温暖。故乡，曾经哺育过我的故乡，我对它永远心怀感恩。

飘荡在生命里的歌

我的故乡准格尔曾被文化部命名为“中国民间文化艺术（漫瀚调）之乡”，漫瀚调也被内蒙古自治区人民政府确定为第一批区级非物质文化遗产。漫瀚是蒙古语“芒赫”的译音，意为“沙丘”或“沙梁”，想来也是因为故乡多沙梁、沟壑之故吧。也有一种说法是“蛮汉调”，即蒙古人的曲子汉人的词，体现了汉族人与蒙古族人杂居地区特有的一种文艺形式，因此，漫瀚调听起来既有蒙古族歌曲的特点，又有陕北民歌的风格。

当年，晋陕地区的农民“走西口”进入蒙地，听到悠扬动听的蒙古民歌就跟着咿咿呀呀地学唱，但调子学会了词却学不会，有人就用蒙古调调唱汉词，这样就形成了现在的“蛮汉调”（准格尔山曲儿）。应该说，准格尔山曲儿是蒙古游牧文化和汉族农耕文化的一种嫁接和融合，这种融合使蒙古游牧文化加速了现代化进程，汉族文化也因之注入了不朽的生命力，从而使准格尔山曲儿经历百年不衰，成为现代准格尔人的文化大餐。

准格尔山曲儿，大多是农人唱于耕作、牧羊之时，婚宴喜庆之日，山野路旁，茶余饭后。进入90年代以来，山曲儿作为一种艺术或娱乐活动，被搬进县乡的各种集会。旗里会举办山曲儿比赛，使山曲儿从民间登上了大雅之堂。

准格尔山曲儿的曲调是固定的，但唱词一般都是民歌手们即兴发挥，即所谓的触景生情。在唱法上，准格尔山曲儿大多是对唱，一唱一和地推向高潮。如开始时男歌手会这样请女歌手出来演唱：

叫一声妹妹你是听
请你和哥哥唱两声

女歌手应唱：

叫咱唱来咱就唱两声
不了人家还说咱没出过门

这样一唱一答，唱起来可能就是整整一夜。有人曾问唱山曲儿的歌手，准格尔的山曲儿到底有多少？这位歌手笑着唱道：

准格尔的山曲儿比牛毛多
三天才唱个牛耳朵

家家都有七八车
唱不完抛在半山坡

这位歌手唱得一点也不假，准格尔山曲儿所唱的内容涉及天文地理、山川地貌、民俗风情、地域特色、古代传说、四时节气、婚姻爱情以及内心的欢乐与忧愁等许多方面。可以说，准格尔山曲儿的唱词就是准格尔的博物馆，是一部厚重的准格尔历史，一部震撼人心的史诗。比如，唱准格尔山曲儿来历的：

蛮汉调调在咱准格尔旗生
我爷爷唱曲儿是第三辈辈人

大清明的圣旨开垦的风
刮来了种地的伙计汉族的人

蒙古人的土地汉族人的工
同吃一股股泉水好交情

地掌柜的诗弦汉伙计的音
蒙古曲儿汉唱稀罕死个人

蛮汉调调是一朵并蒂蒂花
蒙汉人民的心血浇灌了它

这就把准格尔山曲儿的来历交代得一清二楚了。

还有唱准格尔风物的：

准格尔旗有一苗大松树
一千年的树头把天遮住

准格尔旗有一座双山梁
刘金锭的马蹄蹄印在石盘上
准格尔旗有一座洪州城
如今的名字叫纳林

赞美准格尔旗姑娘美丽的：

赛恒特拉的沙柳赛乌素的水
准格尔旗出的好闺女

炒上花生熬党参
准格尔旗的妹妹惹人亲

唱改革开放后准格尔人喜悦心情的：

五十年民族政策最长久
暖泉泉在咱心里头流

五十年跌了的头发又长稠
咱还要再活它九十九

唱喝酒的：

烧酒本是五谷水
先软胳膊后软腿

烧酒本是迷魂汤
花上银钱把脾胃伤

烧酒本是美人泪
小媳妇面前双腿跪

唱历史事件的：

沙圪堵点灯杨家湾明
二少爷招兵忽撒撒的人

二少爷一肚肚新主张
笔杆杆枪杆杆都不能荒

二少爷招兵纪律明
当兵的不准串女人

准格尔山曲儿的曲调比较简单，旋律也比较固定，一般两句一首，上下句相近。准格尔上了年纪的人，家里都有扬琴、四胡、三弦和枚等民乐器。兴致来了，三五个人一凑，弄一小碟咸菜，一瓶二锅头，拉起来就唱。唱曲儿为：

山曲儿出在山里头
抖它几声解忧愁

准格尔旗山架大
不唱山曲儿难说话

所以说，准格尔山曲儿是故乡人的心里话，是故乡人的抒情诗。

乡村里的年轻人唱山曲儿，大多喜欢唱“浑”曲儿。所谓“浑”曲儿，也叫“串门子曲儿”或“打伙计曲儿”。在故乡所说的“串门子”“打伙计”就是现代人所说的“婚外恋”“找情人”或者“养小三”，这种曲儿之所以被人们广为传唱，主要是旧社会的婚姻全由父母包办，青年男女无法挣脱封建婚姻的桎梏，这曲儿唱起来自然也会有几分酸楚，而现代人唱“浑”曲儿，大多是为了取乐。有“浑”曲儿这样唱：

红柳筐筐插柳细
配不成夫妻打伙计

毛圪令上树野鹊鹊喳
为朋友打伙计天留下

娶过的老婆嫁过的汉
包办的婚姻鬼和判

左思右想细盘算
怎把那老婆汉子颠倒转

当然，更多的是吟唱爱情忠贞不渝和男女相思之苦的：

三天没见亲亲的面
肚里头锈成个生铁片

那两天想你心有点煽
胸脯上压了个大磨盘

前半夜想你抽不完那烟
后半夜想你圪挤不住那眼

准格尔山曲儿在粗犷豪放中渗透着一种凄婉，我想这是与准格尔人百余年的艰辛与磨难有关，准格尔山曲儿就是飘荡在父老乡亲们生命里的歌，他们的喜怒哀乐都是通过山曲儿倾诉出来。准格尔山曲儿就这样，以它独有的魅力哺育了准格尔人民，准格尔山曲儿已经永远地流在了准格尔人的血脉里。

生命是流淌在河水里的沙

如今的准格尔旗政府所在地薛家湾是高楼林立，颇有点城市的感觉，这主要得益于煤田的开发。但在七八十年代，到过那里的人都会惊讶它的荒凉与贫穷，当然也会被当地老百姓的坚韧与朴实所感动。如形容准格尔环境恶劣的“一年十二个月刮黄风”“十年九旱，一年不旱，拉下圪旦（指要有麻烦）”等俗语，以及粗犷豪放的准格尔山曲儿所唱的“大年三十没月亮，年年都是这灰样”，等等，可以说一针见血地道出了故乡的满目苍凉和贫穷落后。但就是在这样的环境下，准格尔的乡亲们依然深深地眷恋着那块贫瘠的土地，依然在那里繁衍生息、代代传承，把昔日“走西口”的故事演绎得感人肺腑，荡气回肠。

对于任何的不幸和苦难，故乡大多数的乡亲们都会归结于命运的安排。他们虽然不像潮汕人那样在家里摆个神龛，但他们在心里时时刻刻都是有观音菩萨的，许多准格尔人在遇到紧急事件时，都会脱口而出：菩萨保佑。当然，乡亲们对命运始终如一的坚信也绝对是虔诚的，这从一些祭神、祈雨的习俗中可以看出，爷爷当年有任何的心愿，都会到蒙家敖包的庙里去祈求，一惯的做法是牵一头肥硕硕的大绵羊在泥菩萨面前抖上几抖，就算是给神了，如果他的心愿如愿以偿地实现了，第二年则会以同样的方式牵一头肥硕硕的大绵羊在泥菩萨面前抖上几抖，这叫还愿了。

正是因为把一切都看做是命运的安排，乡亲们会把所有的不幸和挫折都看做是人生必经的苦难，所谓的生老病死，也便如流淌在河水里的沙，一切都是顺其自然的。因此，准格尔人虽然面对着常人无法想象的贫穷与荒凉，但他们骨子里与生俱来的宽容与豁达却是许多地方的人无法相比的。

许多年前，准格尔煤田还没有开发，每家农户所种的农作物够填饱肚子就很幸福了。因此，过去唯一能够赚钱的办法就是到几个乡办小煤窑挖煤。在小煤窑挖煤，乡亲们称作是“两块石头夹着一块肉”，意指随时都有生命危险。小时候，我住在乡卫生院的院子里，我家隔壁就是卫生院的手术室，隔三差五地抬来受伤的煤矿工人已经是习以为常，因煤窑事故造成的工人死亡也是屡见不鲜。许多上有老下有小的中年汉子，刚刚结婚的新郎官，十六七岁的毛头小伙子，早上兴高采烈地出去了，晚上却迟迟不见回来，家人是何等的焦急与无奈。一般而言，挖煤的人如果早上出去深夜还不回来，家人就会预感可能要出事了，当时在没有任何通讯工具可联络的情况下，一家老小只能急匆匆地往煤矿赶，若真出事了，一般快到煤矿的时候就会听到哭声一片，这时，亲人们的腿脚也软了，说话也哆嗦了，有的干脆瘫倒在地上放声大哭起来。这些生生死死的故事，都曾深深地震撼过我幼小的心灵，我曾经不明白为什么明知在那深深的黑洞里生命不保，前途未卜，然而还是有许多家庭尚未等到孩子成年就打发去挖煤呢？当我稍大一点的时候，父亲告诉我，我的大爹（父亲的亲哥哥）也是在煤窑挖煤时被突然掉下来的大煤块砸死的。大爹去世的时候，我只有两岁，对大爹我没有任何记忆，更无一点蛛丝马迹的印象，但我相信大爹一定抱起过我，亲吻过我。在我听到大爹那些零星的故事时，我总是感到万分的伤感。虽然大爹在我的生命里没有什么印记，但打小到现在，每次上自家的祖坟时，都要给大爹烧些纸钱，“烧纸钱”是今生我与大爹唯一割舍不断的联系。一位远房亲戚曾告诉我：“在咱这穷地方，要想活得像个人，得把脑袋别到裤带上。”我也同样惊诧于这位老者的话，生命已经被他看成了一粒尘沙，可以随处飘扬。

也许因为生命本身就是从尘沙中而来，才显得如此的轻贱。在昔日的准格尔，女人们生孩子不仅没有正规的医生或助产士接生，而且所谓的“接生婆”也是没有一点医学知识的。“接生婆”大多是乡村里一些年长的女人，她们只不过是对女人生孩子见得多了，或者自己本身就生过七八个孩子，有着一定的经验，被人请去“壮胆”。准格尔女人在临产前，男人会用铁簸箕装回一大堆沙土倒在炕上，女人生产时就爬在沙土上，生产过程中流出的血全部渗透到了沙土里，然后男人就把带血的沙土倒出去。遇到女人难产大出血，“接生婆”就会大喊：“赶快来沙土！赶快来沙土！”有些经不住折腾的女人若晕过去了，“接生婆”就会把事先准备好的红糖水往女人的嘴里灌，这一灌有灌醒的，也有永远灌不醒的。在那样的年月里，生下孩子因为感染（当时乡亲们是不懂得什么是感染的）没几天就死掉可以说是见怪不怪，女人因生孩子死亡也是经常有的事。所以，早年故乡就说生孩子是女人的一道“鬼门关”，过得去过不去全靠自己的命。这么一个生孩子法，现在让城里的太太们听起来恐怕会感到恐惧。

对于女人的命运，从月经来潮的习俗也可知她们人生之不易。30多年前，准格尔乡村的女人们月经来潮是不用卫生纸也没有卫生纸可用的。当女孩子们到了十三四岁，她们的母亲就会缝一个布袋子，等每次月经来潮，布袋子里就填充满沙土，每天换一次，待月经走完了，就把已经发黑发硬的布袋子洗一遍，待下次月经来潮时再用。家里十分贫穷的人家，这个布袋子很可能用到女孩子出嫁。至于准格尔的女孩子在七八岁放过羊，十五六岁出嫁生子，揽起一个家庭的沉重生活负担那已经是很平常之事了，她们的生命就像流在河水里的一粒沙，随时可能被冲到岸上，或者沉到河底，或者被冲刷到哪个不知名的地方，但这一粒沙是有重量的，它可以随波漂流，也可以沉落为一堆黄沙。

准格尔属于干旱少雨地区，那里的老百姓只能靠天吃饭，一些上了年纪的长辈常常告诫晚辈不要和命运抗争，人再厉害也没有天厉害，天给你幸福你就接纳幸福，天给你苦难你就承受苦难。我记得在70、80乃至90年代，故乡都开展过兴修水利、植树造林之类的改造大自然运动，但整体上大环境基本上没有什么大的改变，沟沟壑壑里、山山峁峁上的土地，一年四季基本上都缺水，居住在山里的乡亲们一年里差不多有九个月要吃大缸里腌制的酸白菜。家庭经济条件差的，甚至连酸白菜也不能保证顿顿都能吃得上。有人曾问准格尔山区的一名孩子早上吃什么？答曰吃土豆酸粥；中午吃什么？答曰吃土豆酸粥；晚上吃什么？答曰吃中午剩下的。

由此可见准格尔山民饮食之单调了。问题是不管吃什么，如果能保证一日三餐，又餐餐吃饱，那也算是一种幸福。有些人家为了省饭，就会上午九十点钟吃一顿，下午四五点钟吃一顿，一日两餐有时还不能吃饱，其生活之艰辛对于今天的人来说是难以想象的。

好在1990年准格尔煤田大开发，自此国家开始把上百亿的资金投在这里，准格尔不仅开通了多条公路，还开通了铁路，乡亲们再也不像过去那样如井底之蛙般见短识浅了。为了配合煤田的开发，故乡一个又一个贫瘠的小山村被拆迁征用，如今都是大煤坑或挖完煤之后回填的泥土，像我爷爷居住过的窑洞已经被发电厂排出的灰渣完全掩埋，那个曾经的新窑湾村永远成了乡亲们或美好或苦涩的记忆。

一个时代，一段历史永远不能重演，但故乡着实消失得太快了。虽然故乡已然成为我们生命中永恒的回忆，但它依然会为我们精神成长的历程赋予更多的钙质，依然会在我们人生的旅途中增添更多的温暖。

作品的完美与作者的遗憾

第一次出国去的是澳大利亚，去到的第一个城市是悉尼，在悉尼观赏的第一座建筑是悉尼歌剧院。

悉尼歌剧院位于澳大利亚新南威尔士州的首府悉尼市贝尼朗岬角，外观为三组巨大的壳片，乘着游轮远远望去，外形像白色的风帆，屋顶犹如贝壳，因而有“翘首遐观的恬静修女”之美称。歌剧院的设计者约恩·乌松晚年时回忆道，他当年的创意其实是来源于橘子，正是那些剥去了一半皮的橘子启发了他。对于后来人们将其比喻为风帆或者贝壳，他也非常满意。悉尼歌剧院不仅是悉尼艺术文化的殿堂，更是悉尼的灵魂，是公认的20世纪世界十大奇迹之一。

但就是这样一件完美的艺术品，在建筑过程中却颇为波折，尤其是给约恩·乌松留下了不少遗憾。

悉尼歌剧院是从20世纪50年代开始构思兴建，1955年起公开搜集世界各地的设计作品，至1956年共有32个国家233个作品参选。在这些参选作品中，约恩·乌松的方案只有几张简单的平面、立面草图，设计很不深入，因此首轮就被淘汰。后因评审团对所有的方案均不满意，不得不重新检审落选方案，他的设计才又被重新认识，最终确定为优胜方案。

从1959年歌剧院奠基破土，经历了重重波折，耗时16年才完成。当初在获悉自己的方案被采用后，意气风发的约恩·乌松举家迁往悉尼，打算从此定居澳大利亚。然而，在随后的施工当中，由于超前的大胆设计和高昂的工程造价，约恩·乌松和他的设计方案成为当地舆论和公众的众矢之的。当歌剧院逐渐成形时，它不仅成了悉尼的焦点，也不幸成了一个政治靶子。

1965年，联合党在大选中打败了工党，新南威尔士州公共工程部部长大卫·休斯开始收紧开支。约恩·乌松的处境变得越来越艰难，经常拿不到工资，于是写了一封辞职信给大卫·休斯。约恩·乌松后来回忆说："那时候我原以为他们会请我回去的。"可是事实却残酷地打破了约恩·乌松的幻想。辞职信送走不到1个小时，约恩·乌松就得到了大卫·休斯的回信，上面写着"谢谢，我们接受你的辞职"。于是，失望的约恩·乌松带着家人离开了澳大利亚，并发誓将永远不再踏上这片让他伤心甚至是绝望的土地。1973年10月悉尼歌剧院落成启用，澳大利亚国家元首、英国女王伊丽莎白二世在歌剧院落成启用仪式上也没有提及约恩·乌松的名字。约恩·乌松后来再也没有回到澳大利亚，但他设计的风帆形悉尼歌剧院却成了世界知名建筑之一。2008年4月9日，悉尼歌剧院全体员工为远在丹麦的约恩·乌松庆祝90岁生日，同时邀请他来参观悉尼歌剧院，但约恩·乌松以身体状况欠佳为由拒绝了这一邀请。2008年11月29日约恩·乌松在丹麦去世，享年90岁。这位悉尼歌剧院的设计大师在他生前未能亲眼目睹自己亲手设计出来的作品。

一件作品是完美而伟大的，但它的创意者、设计者却不一定因此而变得完美和圆满，这或许就是宿命。

当我在讲课之余到城市的大街上走走时，偶尔会有当地的朋友指着一条街道告诉我，别看现在这个四车道显得很拥挤，10年前刚建成通车时，由于车辆和行人都比较少，许多市民认为纯属资源浪费，或者是领导有个人企图，不仅公开否定甚至还有人状告当时决定修造这条大街的领导。是啊，做任何事都是需要长远的战略眼光的，有时决策者还真是需要有一种"燕雀安知鸿鹄之志"般的自恋。与悉尼歌剧院相望的悉尼海港大桥，从"怀胎"到"出世"花费了100多年的时间。从1924年破土建造桥基到1932年3月19日竣工通车，也历时8年多。在当时的那种条件下，悉尼海港大桥桥面宽度就达到49米，有8条汽车道和双轨铁道以及人行道。从海面到桥面高58.5米，从海面到桥顶高达134米，万吨巨轮可以从桥下顺利通过。这对于当时的设计者与建筑者来说，是何等的远见与气魄。

近几年来，去过许多的医院，大都在轰轰烈烈地搞基建，问问即将拆掉的房子是何时建造的，回答大部分是80年代末或90年代初，想想也不过二三十年的时间。才二三十年的建筑就不能适应现在的发展，要毫无保留地一下子推掉，也甚是可惜，由此可见，当年决策者们还是缺少眼光和远见的。

有时想想，为了作品的完美，作者是必须恪守一些原则的。为了确保作品的完美，作者个人可能会留下一些遗憾，从长远看，这也是值得的。

医生的人文情怀

大约在100年前，威廉·奥斯勒就指出：医学实践的弊端在于历史洞察的贫乏、科学与人文的断裂、技术进步与人道主义的疏离。卡尔·马克思曾经写道：“技术的胜利，似乎是以道德的败坏为代价换来的，随着人类愈益控制自然，个人却似乎愈益成为别人的奴隶或自我卑劣行为的奴隶……我们的一切发现和进步，似乎结果是使物质力量具有理论生命，而人的生命则化为愚钝的物质力量。”在某种程度上，经济利益已经成为今天个别医生的行医“指挥棒”，开有提成的药品和检查，使用利润高的医用材料，等等，这么做的目的只有一个，就是增加个人的经济收入。没有人文情怀的医生，纵然是医技高超，如果没有对病人的同情与悲悯，没有对职业的尊重与敬畏，不仅解决不了病人的病痛，而且可能给病人带来更大的伤害。

人文是中国传统文化的精髓，中国的“文”以“人”为本，“人”以“文”为内核。它通过人与自然、社会和心灵等诸多关系的调节而生发出生存文化、伦理文化、道德文化、礼仪文化等。所谓人文情怀，就是对人的生命与尊严、意义与价值的深刻理解与思考，把“人”看做是至高无上的，一切以“人”为出发点和落脚点。正如美国生存主义思想家保罗·蒂里希提出的要对人进行终极关怀，即指人对自身存在价值的思考，是整体的、无限的、普遍的人文关怀。而这种人文情怀的展现，可以用1995年世界医学教育峰会所提出的“要为21世纪重新设计医生……新时代的医生必须是细心的观察者、耐心的倾听者和敏锐的交谈者”来要求。

医生必须是细心的观察者。医生服务的是人，人不仅有自然属性，同时也有社会属性，不能像研究一般生物那样应用科学的方法和技术的手段去研究人，尤其是生了病的人。医生不能把病人当做一个生物体去治疗，更重要的是要当做一个社会的人去治疗。要从人的生理因素、精神因素、工作与生活环境等方面去思考病因、诊断要素、治疗原则与治疗方法。医生在诊疗过程中务必要学会细心观察病人的各种行为表现和心理变化，如某专家遇到一位口吃病人，他发现病人讲述病情的时候很焦急而且表述不清，于是站起来为病人倒了一杯水，并且和蔼地说：“不着急，你慢慢说，你慢慢说我才能听得明白。”医生这么一说，病人彻底放松下来，有条不紊地把自己的病情讲述清楚了。但也曾有过这样的医生，遇到口吃的病人讲述不清楚自己的病情时，会直接对病人说：“你说不清楚，找家属来。”这样一来，病人不仅感到尴尬，而且自尊心也受到了伤害，对医生也可能会失去信心。古代医学之父希波克拉底曾经说，医生治病有三个法宝：语言、药物与针刀，语言被放在了治病的第一位。医生要学会从病人的语言、行为、与家人的关系以及配合诊疗等方面的变化来观察病人、了解病人，在医患沟通的实践中提升沟通能力。

医生必须是耐心的倾听者。世界卫生组织一位顾问曾做过一项调查：当病人诉说症状时，平均19秒钟就被医生打断了。这说明不善于倾听是医生普遍的现象。卡耐基曾经说过：“倾听比诉说更重要。”倾听在沟通中是一项重要的也是最基本的技巧。每一位病人都希望把他生病以后所有的感受都向医生倾诉出来，因为病人认为医生只有了解自己的所有感受才能作出正确的诊断与治疗。从医生的角度来看，也必须充分了解疾病的发生、发展过程，才能作出正确的诊断和恰当的治疗。

医生必须是敏锐的交谈者。医患沟通是双向的交流与互动。在细心观察病人、耐心倾听病人的基础上，还必须与病人进行融洽的交谈，以更深入地了解病人和病情。在实际的医患沟通中，由于病人和医生看待疾病的角度不同，往往需要有个“对焦”的过程，即医生和病人要通过交谈就疾病的诊断与治疗达成共识。比如在选择治疗方法时，医生倾向于选择最有把握的方式，而病人倾向于选择最情愿的方式。医生的思维模式必须是：这种治疗方法，这个手术适合这个病人和他的病；而不是让这个病人和他的病适合医生的治疗方法和医生的手术。所以，在疾病的诊疗过程中必须遵循两个原则：一是科学原则——针对病情，即疾病的病理、生理、治疗方法，技术路线；二是人文原则——针对人情，即病人的心理、意愿、生活质量，个人与家人需求。在住院医师规范化培训的时候，上级医师就必须告诉年轻医生，病人并不是按照医学教科书的描述得病，每一种病都具有极强的个性化，虽然一个人的生理指标都正常，但如果主观感受很痛苦，就不能认为这个人是完全健康的，这就要求医生在诊疗时务必做到“诚惶诚恐，如临深渊，如履薄冰”。这样的观念应被医生广泛接受，并体现在医患沟通的整个过程之中。

医生的人文情怀强调医生要尊重患者的情感世界，尊重患者的意愿，从社会人的视角对病人实施一切诊疗活动，在解除病人疾苦的过程中追求情感因素的注入。美国社会学家霍兰认为，医者有四个“救生圈”：技术魅力、人格魅力、温暖陪伴、灵魂抚慰。如今医学技术虽然在突飞猛进，但医生的人文精神却在滑坡。医生越来越关注医学数据、检查指标、论文数量、科研项目等，忽视了活生生的人。病人来到医院，仿佛上了一个庞大工厂的流水线，从一台机器被运转到另一台机器。医学毕竟是一门人学，是一门饱含温暖的科学，除了客观的诊断和治疗之外，还应包括心灵的交流、情感的共鸣、温馨的祝福和热情的鼓励。期待医生们能在诊治病人疾苦的同时焕发出人文情怀的光彩。

灯光下的宁静

我喜欢在夜晚的灯光下以一种非常平缓的心情阅读或者写作。散文、小说、诗歌以及杂文，任何一种文体都喜欢读。在阅读中，自己可以领略高山的气势磅礴，大海的波涛汹涌，森林的茂密幽深，平原的广阔无垠。当然，除了在空灵的人间山水中陶冶自己的性情，滋养自己的心灵之外，更多的还是喜欢阅读能够震撼自己心灵的作品。在阅读这些作品时，自己常常会因为一个凄婉的故事而落泪，也会为一两句精彩的诗句而感动。唯有此种心境，才能感觉到自己的心在不停地跳动并燃烧着，才感觉到自己的生命是多么的鲜活而有力。我想，一个人首先要感觉到自己的生命在蓬勃生长才是有意义的，正如一个人只有被生活中那些平平淡淡的事情感动了，他才能有滋有味地活下去并从中体味到人生的幸福。

我居住的小区在深夜里是很恬静的，在这样的环境里一个人静静地读书或写作真是一种幸福的享受。深夜里，在白炽的灯光下困了，我会放下手中的书本或者笔，透过窗户，看到那座熟悉的小山，黑黝黝的颜色给人一种深不可测的神秘，白日里的那种翠绿不见了，与我过去在深夜里看到的北方的山没有什么区别。这让我想到人生中的许多事情，有时也如看山一样，对于同一座山在白天和黑夜看其感受是完全不同的，这就像生活中的许多事情，本来站在某一角度看，它是很美好的，而你却偏偏要从另一个角度去看，结果许多东西就让人失望。深夜里工作累了，我会在几个房间里来回走动踱步，也会到阳台上吹吹海风，望着城市里的万家灯火，偶尔也可以听到一两声虫鸣，还有那湿漉漉的海风一股一股地从脸庞吹过，心里便有了一种说不出的惬意与畅快，顿时一天的疲劳都没有了，这时候人是自由的，心是自由的。

我一直不解那些整夜在麻将桌上挥洒自如的人，也不解那些在网上聊天聊得天昏地暗的人，他们那种执著与付出，倘若用在读书上，其成就恐怕也不是我们这些平凡之辈所能比的。许多年前，人们说读书无用，我不信，自己除了工作就是读书。记得几年前在故乡时，每周总要安排几个傍晚到住宅区的一条小河边去看书，因为在我居住的小区旁边有一所中学，那里的学生每天傍晚都要到那条小河边去看书。置身于这些学生中间，我找回了一种学生时代的感觉，那时候人生在我们眼里是多么的五彩斑斓，生活中许多美好的东西仿佛都将呈现在我们面前。学生时代虽然艰苦，但却是无比充实的。人到成年，心态越来越复杂，也越来越难平静，我想主要是我们的思想不再单纯了，奢望也越来越多了。当然，人们是要不停地去实现自己的愿望的，但在现实生活中，有些人不顾实际地去盲目攀比，心态变得很浮躁，慢慢地追求没有了，生活目标也看不清了。所以，在对待读书的态度上，我一直认为它不仅是工作上的需要，更是对自己心灵的一种抚慰，人不读书正如树木缺少了阳光和雨露一样，其精神必然是枯萎的。而在夜晚宁静的灯光下读书，那更是与自己内心最真诚的对话，与灵魂的一种碰撞，与自己心灵的一次最直接和无私的沟通。

有一阵风轻轻吹来，有一条小河涓涓地流过，有一个声音在静静地诉说，在博大精深的书海里，在灯光下的宁静里，我找到了真实的自己。

相约草原

我出生在内蒙古鄂尔多斯。40岁出头才因为讲课的机缘在呼伦贝尔第一次见到了草原。

我从小生活的鄂尔多斯准格尔旗位于山西、陕西和内蒙古三省交界处，当地居民主要以农耕为主，印象中只有几家不会说蒙古语的蒙古族家庭是我们的邻居。我们属于走西口的后代，在生活习惯方面一直保持着山西的习俗。鄂尔多斯的东部地区以农耕为主，有草原的地方则主要在鄂托克旗、鄂托克前旗、杭锦旗、乌审旗、伊金霍洛旗这些西部地区，而这些地方距离我生活的地方在200千米以上，以20多年前内蒙古的道路交通情况，200千米从心里感觉上已经是非常遥远的地方了。所以说，即使自己曾在内蒙古生活了整整30年，但对于草原一直是一种想象和向往，以至于到了广州工作时，有同事问起你们在内蒙古的时候是不是住蒙古包，上学是不是骑马，是不是天天喝奶茶、吃手扒肉，当我否认的时候，他们总是万般不信的。现在我到处讲课，有朋友们知道我是内蒙古人时，大抵都会问我同样的问题，每当这个时候，我都会很耐心地从头到尾解释一番，而且告诉他们有些到了中年的内蒙古人可能都没见过草原。

记得第一次到呼伦贝尔，一下飞机正好是吃午饭的时间，医院的朋友带着我直奔蒙古包。落座后，身着蒙古服饰的服务员往餐桌上放了十几把蒙古刀，刹那间，我意识到来到了真正的草原了。餐桌上，朋友们教我如何用刀子割手扒肉，如何吃奶油伴炒米，也知道了什么时候喝马奶最合适。后来，都是因为讲课和做咨询的机缘，我多次到过了鄂尔多斯草原、锡林郭勒草原、乌兰察布草原以及科尔沁草原等内蒙古的大部分草原，身临其境地感受到了草原如茵的绿草、湛蓝的天空、嘹亮的牧歌、沁人的乳香，更为草原儿女热爱家乡、建设家乡的那种策马扬鞭、纵横驰骋的豪情所深深感动。

作为农村长大的人，对城市有一种无穷的想象和无尽的向往，我想这应该主要是缘于当年农村物质生活和精神生活的极度匮乏所致。真的在城市生活久了，才发现我们在追逐所谓的功名利禄、喧闹繁华的同时，也逐渐丢失了一些最珍贵的东西，比如内心的纯净与安宁，生活的简单与质朴，甚至是对生活的热爱、生命的思考也改变了模式。因此，人有时候是需要适当的回归，比如回归一下自己的故里，回归一下大自然，在父母面前回归成孩子，在恩师面前回归成学生，幸福的婚姻也是需要偶尔回归到初恋。漫漫人生路，也许我们的故里已经成为废墟，也许父母已在另一个世界，也许昔日美好的爱情和婚姻永远成为了或喜或悲的记忆，但辽阔的草原以及草原上那些灵性的水草会带领我们返回家园，返回岁月深处的精神家园。草原就像《道德经》里所讲的“大音希声，大象无形”，不仅能让我们的身体、心灵与它的壮美非常默契地融为一体，而且最能给我们无限的遐想，最能诗意般地浮现浪漫、深思与才情。

人渴望庙堂之高，但也需要江湖之远。生活总是催促我们迈步向前，但人的灵魂总归要跟上自己的脚步。我们一定要有那么几次来到草原深处，享受这种空旷、辽远、碧绿、纵情与忘我。

开车走在草原上，无际的草原如同一幅巨大的画铺展在你的面前，车窗外飘着细细的雨丝，远处羊群、牛群、马群各自紧紧地靠在了一起，而近在眼前的草原感觉又是那么的渺远，说不出是一种温暖还是怅然，担心一切美好如烟花一样绚烂而短暂。

洁白的蒙古包里，蒙古族小伙子的天籁之音，蒙古族姑娘的豪情之舞，蒙古族朋友双手举起的银碗里盛满香醇的美酒，可以让你旁若无人地沉醉，肆意妄为地舞蹈。

漫步在清晨的草原，红艳艳的朝阳正从地平线上冉冉升起，幽幽的草香迎面拂来，露水打湿了衣襟，那种恬静、安宁、祥和，仿佛把你带回某个秋天的早晨，睁开眼睛，正值青春的母亲正在亲吻着你的脸颊。

在落日的余晖里，一眼望去，会发现整个草原与白天的景色大不相同，金黄色的草原、金黄色的骏马、金黄色的羊群、金黄色的牛群、金黄色的河流，这一刻，就想静静地躺在草原上，陶醉在这金色的夕阳里。

篝火晚会是草原夜晚最亮丽的一道风景，炽烈的火焰照耀着盛大的舞场，从四面八方来到草原的人们就像多年未见的老友，手拉着手，欢声笑语，纵情歌舞。

湖泊眷恋着草原，河流环绕着草原，骏马驰骋在草原，白云相拥着草原，阳光照耀着草原。放下繁杂、远离尘嚣，来草原吧，广袤无垠的大草原一定会张开她博大的怀抱，等着你的到来。

黑岱沟

消失是另一种永存。

从地貌上来说，今天的黑岱沟已经面目全非。从精神层面来说，它已经成为了一个心灵符号。

在20世纪八九十年代之前，黑岱沟在建制上隶属于内蒙古伊克昭盟（现名称为鄂尔多斯市）准格尔旗的一个乡。进入21世纪初，黑岱沟乡被归并入附近的薛家湾镇，成为一个村的建制。不管如何归并，从地理坐标来看，它的位置就在东经111.27758°、北纬39.730381°的那个点上，在经度上和我在广州市的居住地只有1°—2°之间的差异。如果没有山河阻隔，从直线距离来说，从我广州的家中一路向北，一个弯都不转，就可以一路抵达黑岱沟。同样地，如果从黑岱沟出发，一路向南，头也不回，就可以遇见广州。走来走去，不过是在一条直线上跌宕自己的人生。

1968年，我出生在黑岱沟公社（80年代初改称乡）苏计沟生产大队新窑湾生产小队。这么描述只是想说明黑岱沟的前世今生、来龙去脉，说简单点，我出生的那个村子叫新窑湾。父亲为了让我们姐弟几个读书方便，在我五六岁的时候，全家从新窑湾搬迁到了相隔15000多米的公社所在地黑岱沟（之前父亲在那儿工作）。那个夏天从新窑湾搬家到黑岱沟的若干细节至今仍未忘记，家里最值钱的东西就是一头猪，瘦且矮小，长相难看。因为搬家是用两辆毛驴车，猪无法运载，便由爷爷和姐姐赶着走小路，父母亲、我和弟弟以及赶车的亲戚走大路。我和弟弟分别蹲在两只大缸里，我的怀里一直抱着一只猫。

搬家其实也没有多少东西，到了黑岱沟，一小会儿就把家什收拾到了公社兽医站为我们提供的一间干打垒土房里。两个邻居家的几个小孩都比较友好，主动来找我们姐弟玩。其实所谓的玩也没有什么好玩的，就是在兽医站前的一块空地上不停地跑，或者围绕着兽医站的那一排土房子前后左右的转。我一边跑一边紧紧地抱着那只猫，可抱着抱着，猫就不见了。到了晚上全家人打着手电筒到处找猫，姐弟三个哭的哭、闹的闹，但终究还是没有找到。那是一只花猫，长得十分精巧，喜欢往我的肩膀上爬，小嘴巴和嘴边那几根长长的胡须表达着它的可爱和友善。这只从未给它起过名字的猫（更主要是那时不懂得猫还要起名字）就这么不知不觉地丢失了。搬家到黑岱沟丢失了一只猫，这是我童年和少年时期挥之不去的记忆。

大部分外地人一提到内蒙古，就会以为那里都是“天苍苍，野茫茫。风吹草低见牛羊”的大草原。其实我第一次见草原还是因为讲课的缘由到了呼伦贝尔，第一次看到了真正的大草原。第一次喝马奶还是在锡林郭勒大草原。黑岱沟的地貌其实和山西的忻州，陕西的榆林、延安等地没有太大的差异，都是典型的黄土高原地貌。尽管有考证，大约在八百万年以前黄土高原曾是一片汪洋的湖泊，但到了近代已经是一幅山峦起伏、沟壑纵横的景象。黑岱沟顾名思义，就是在一条沟里，尽管是乡政府所在地，但以今天的眼光看，其实就是一个小村落，各单位职工家属的人数，再加上一所学校的学生，全部也就1000多人，但当年在我的心里，那必然是一个偌大的世界，以至于我整个少年时期的理想就是能够在黑岱沟卫生院当一名医生（父亲后来从兽医站调到卫生院当了医生），娶一个供销社当售货员的老婆，住上两孔窑洞，两间要相通，一个客厅，一个卧室。当年在我幼小的心灵里，就很清晰地知道，如果要得到这些，是要付出超常的努力。正如父母亲常常挂在嘴边的“不吃苦中苦，难为人上人”。

黑岱沟有一条小河缓缓流过，如果不是遇上夏天的大暴雨，基本上垫上十几块大石头就可以跨到沟的对岸。大部分的窑洞和土房子都建在靠北的山坡下，从西往东代表性的建筑依次有供销社家属住的窑洞，卫生院家属住的三孔窑洞和土房子（老卫生院），公社家属住的窑洞，黑岱沟大队队部的窑洞，供销社的砖瓦房，公社办公的窑洞，黑岱沟小学的砖瓦房和教职工住的窑洞，卫生院的砖瓦房，邮电所的砖瓦房，粮站的砖瓦房和家属住的窑洞，准格尔旗化工厂的厂区和家属住的窑洞等。沟的对岸是兽医站和一个以打造农具为主业的综合厂。在这条主线的周边，黑岱沟的山峁上、沟壑里还居住着在当地有耕地的农民。石头垒砌而成的窑洞，土坯子或砖头垒成的房子，错落有致地点缀在阳坡上、沟槽里，形成了一个和中国大地上万千村庄一样的景致，安宁、纯净、祥和，仿佛任何不幸的事情都不可能在这里发生。

父亲到卫生院工作后，我们就跟着搬迁到了沟对岸的一间土窑洞里（妹妹就是在土窑洞里出生的），再后来卫生院盖起了新的砖窑洞，老卫生院的旧址改造成了家属房，我们家分到了一间窑洞和一间干打垒土房子，一直住到父亲调动到城坡煤矿医院工作（父母亲1989年搬离黑岱沟）。从1973或1974年由新窑湾搬迁到黑岱沟，一直到1983年我从黑岱沟学校初中毕业前往准格尔旗第一中学读高中，这整整的10年间，我家在黑岱沟共有三处住址，沟的两岸、坡上和沟边，都留下了我们一家人或欢喜、或艰辛、或愁苦的生活片断，回忆起来往往会有无限的甜蜜和幸福，但也难免夹杂一些无奈与酸楚。黑岱沟这个小小的地方尽管只给了我非常单调的童年和少年生活，但生性敏感的我，还是能够依靠天性中的那点悟性体味生活的酸甜苦辣，有限的人和事也足以能够丰富自己的情感世界和精神境界。一路走来，我知道有一个地方此生最让我难以忘怀——黑岱沟。

在未走出黑岱沟之前，自己就完成了对女性审美的自我启蒙。在我二、三年级的时候，见过的两个女孩让我印象特别深刻，懵懂的少年心觉得女性就应该是她们那个样子。一个是黑岱沟卫生院一位医生的女儿，好像和我姐姐还是同班同学。据说这位医生是从上海一个大医院被派到内蒙古支边的（70年代末全家就回到上海了），我们见了都喊他杜叔叔，他老婆也是医生，夫妻俩什么时候都穿得整洁干净，说话温文尔雅，吃饭用的碗特别小。她的女儿身材高挑，扎着两个小辫，说话特别温柔，什么时候衣服都穿得干干净净，时不时还透着一种傲气。另一个女孩是我们一排土窑洞里住的一位老爷爷的孙女，有一年从呼和浩特来看她的爷爷，穿的衣服也是特别干净，有一种气质自然地散发出来，与众不同。通过这两个女孩，我觉得黑岱沟以外的世界一定更加不一般，为什么外面的人会与我们不同？自己不一定要离开黑岱沟，但可以走出去看看外面的世界。

黑岱沟的职工家属精神生活真正算得上“丰富”起来，应该是公社在1981年买了电视机之后。一台24英寸的彩色电视机放在食堂里，每天晚上七点钟的时候，家家户户提着大板凳围坐在电视机前集体看电视，我就是在那个时候通过电视剧《霍元甲》《陈真》《上海滩》等完成了豪情和柔情的启蒙。做男人就应该像霍元甲、陈真、许文强一样血性、豪迈，女人谈恋爱就应该像冯程程那样柔情似水、义无反顾。以至于有一年下飞机时，在出口的通道偶遇赵雅芝，真想当面打声招呼，告诉她当年看《上海滩》的感受。常年坐飞机出行的我会经常碰到明星、艺人，但从未和任何人打过招呼，再说随便和陌生人打招呼似乎也不太礼貌，也从未追过星。但能明显感觉到“程程”也老了，真是岁月不饶人。因为这种情愫，到了广州后，我又让老婆和女儿陪我看了一遍老版的电视剧《霍元甲》《陈真》《上海滩》，但此时与那时的心境与意境已完全不同。

黑岱沟的一个山峁上立着一个大杆子，上面挂着一个大喇叭，每天早晨和晚上会播放中央、内蒙古、伊克昭盟、准格尔旗的新闻以及相关的广播节目，偶尔也会播出个放电影、唱戏之类的通知。有一天，大喇叭里广播说，包头晋剧团要委托山西晋剧学校培养晋剧学员，13—18岁的孩子可以报名。那时黑岱沟每年夏季都要举办物资交流大会，其实就是进行一些老百姓日常生活所用的商品交易，交易期间会邀请山西的晋剧团来我们这里唱大戏，所以我至今仍对听晋剧情有独钟。当时我听了招收晋剧演员的消息后很兴奋，便和母亲说想去试一试，母亲斟酌再三，答应了我的要求，给了我10元钱，先到沙圪堵初试，初试过后到东胜复试，到东胜复试就过不了关了。但此行最重要的收获是让我第一次领略到沙圪堵和盟政府所在地—东胜县的廓大与繁华，也让我更加坚定了走出黑岱沟的信念。

黑岱沟的地下储藏着数量庞大的煤炭资源，从1990年被列入国家重点项目进行开采，采面范围不断扩大，到今天，我曾经生活过的黑岱沟已经完全变成了一个采煤场，煤采完后会回填黄土，再在土地上种植植被。不久的将来，黑岱沟这个儿时生活过的村落最终将被埋在黄土下面，彻底消失。记忆只能到我们这一代人，以后如果有人提起，恐怕也仅仅是记录。

黑岱沟，当它成为生命中无法删除的一个符号，那就是永恒的。

黑岱沟小学

在学校里学到的知识只能随着个人的成长慢慢转化为生存的技能，而那些同学间的趣事、经历则给我们的生命里注入了精神与能量。在黑岱沟小学上学那会儿，每天的课程安排是从早上八点开始上第一节课，每天六节课，加上中间的课间操，需要到下午一点半才能放学。课间10分钟的运动基本上就是男同学追赶式的乱跑；女同学则多为跳皮筋，踢毽子。

学校门口是一块非常大的菜地，我上学就是沿着这块菜地一路走到学校的。如果是春天，冬天的积雪会慢慢地融化，我们会故意走在那些泥泞的路面上，把鞋子弄的满是泥巴。回到家里，母亲很生气，会责问我们为什么不走“正路”，很多时候我们都是以沉默作答。记忆中黑岱沟的整个春天没有什么特别鲜艳的花花草草，唯一让我难忘的是那泥土的清香，直入肺腑、沁人心脾。以至于直到现在，每到春天，我都会离开城市，找到一块田地，良久地站在田边上，感受那泥土的气息直扑肺腑的快感。那一刻，我才觉得与大地是如此贴近；那一刻，仿佛才寻觅到了自己真正的来路。到了夏天，地里的白菜、豆角、玉米等作物就会茁壮地生长出来，一片碧绿，孩子们的生命便也跟着旺盛起来，这也正是我们毫无顾忌地生长的季节。到了秋天，是庄稼收割后被翻卷出来的泥土，站在校园里就可以远远望见那片菜地外的河水，白花花的直晃眼，再进入深秋，萧瑟的秋风吹到身上，体会到自己又长得成熟了一些。母亲常说，我们兄弟姐妹几个春天一来就奔得欢，等秋天到了，就没有那么欢了。那时候的冬天，每年都会下雪，是刺骨的冷。一到下雪天，蜗居在山坳里的黑岱沟顿时白茫茫一片，我们喜欢跑到小山顶上，观赏被大雪覆盖的黑岱沟，可站得再高，也分辨不出房屋和大地。若干年后，当我再次回到黑岱沟，迎风伫立在那些矮小的房屋和一孔孔的小窑洞前，童年的快乐时光和这些建筑的悲凉让我五味杂陈。我们的父母、甚至父母之上的先辈们，就是在这样的地方营造着他们的梦想，也寄托着对美好生活的无限期望。

据说现在小学生的家长都要陪孩子做作业，还得改作业，弄得非常焦虑。因为我从来没有陪自己的女儿做过作业，也没有改过作业，更没记住她的考试成绩，所以自然也缺少这方面的体验。但我清晰地记得黑岱沟小学的每一位老师不仅会耐心地讲解课本上的知识，手把手教我们做题，而且还会对作业本上的每一道题进行认真的批改，如果有的地方出现了错误，老师会把正确的答案写到同学的作业本上，有的同学作文写得不好，语文老师会大段大段地进行修改和补充，这些在当时的老师、学生和家长眼里，都会认为是老师的分内之事。而我的父母，在我的记忆中应该是从来没有看过我的作业本的。那时的孩子们，像大地上的野草野花一样，自由、散漫地生长着，他们的快乐与幸福是从心底里迸发出来的。

恐怕没有比学校更能影响人灵魂的地方了。不论学习成绩好与不好，学校对我们的影响都是缓慢渗透、潜移默化的。不管是上小学还是初中，我没见过哪位同学读过课外书，更没有课外试卷要做，但我们的老师对课本上的知识教得分外认真，作业本上的题错了，老师一定会逐个纠正，直到会做为止。语文课本上的课文，基本上都是要求全部背诵的。尽管黑岱沟学校现在已经不存在了，但从办学开始到最终停办，学校还是培养出了很多人才，从这所学校毕业的学生可以说遍布在世界各地。

我班里有几个同学的父母是化工厂的工人。化工厂就是制造炸药的，因为我们那里有煤矿，煤矿爆破是需要炸药的，所以化工厂工人的收入那时在当地是最高的，这从这几个同学的衣着、书包、铅笔盒和脸色中的任何一个元素上得到印证。而且，这几个同学似乎还有一个“特权”，就是可以用卷炸药的纸做练习本，一种黑色的纸，但用蓝墨水笔写上去仍然能够看得非常清晰。我当时也有一种别的同学没有的“特权”，就是可以偶尔从卫生院的药房里拿出“安全套”，不仅可以当气球一样吹着玩，而且吹破了那个小皮圈还可以扎头发。化工厂的女生就会主动用她们卷炸药的黑纸换我的“安全套”，这样我也就很自豪地用上了化工厂的卷炸药纸。当然，我也可以偶尔地使用卫生院的处方纸、病历纸以及办公用纸，或用它们找别的同学换杏、桃之类的水果。同学之间这种互相换东西的事非常有趣，至可以说是一种友情的见证。70年代末至80年代初，中国打了一场对越自卫反击战，家里有收音机的同学负责收听广播，发起了几次冲锋，伤亡多少人，都要记录好，第二天和同学们分享，小学生们分享的时候一样也可以是慷慨激昂、义愤填膺的。如果公社大院里放上一场电影，同学们都会议论上三五天，有的还要扮演其中的角色，绘声绘色地表演一番，我爱好演讲就是从那个时候开始的。姐姐比我高三个年级，她和她的同学们喜欢收藏五分钱一张的明星照，如达式常、郭凯敏、刘晓庆、张瑜、陈冲等，当时我是死活不明白五分钱可以买四块水果糖，她们为什么舍得去买一张别人的照片。但我喜欢看女明星的照片，我觉得她们长得比我的女同学漂亮，比黑岱沟的女人都漂亮。

我们那时也没有像今天的学校有许多的课外活动，小学5年和初中3年，学校从来没有举办过歌唱比赛、演讲比赛、运动会之类的竞赛活动，更无舞蹈、书法绘画比赛之说了。每天放学之后，我和弟弟以及身边的小伙伴们就是滚着个大铁环到处跑，所以那时的男生基本有两个共同特点：身瘦、脸黑。尽管后来一些同学有写作、表演等方面的成绩，我想更多的还是依靠自我挖掘和后天的努力。对于教育和审美资源的贫乏不能不说是人生的一大憾事，但就当时的环境而言，政府、社会、学校、家庭都已经是尽了最大的努力。

在乡村生活过的人对于供销社的印象一定会很特别。对于闭塞的乡村来说，那是了解外部物质世界的一个重要窗口。黑岱沟供销社和我们学校距离不过3分钟的路程，有时候同学们利用课间10分钟的间隙跑过去买铅笔、橡皮或者作业本。有的同学如果“流连忘返”，就会迟到，如果被老师抓到了，就会问是不是又到供销社“点货”去了。其实老师心里明白，大部分同学到供销社是不买什么东西的，只是对“琳琅满目”的商品过过眼瘾。

在黑岱沟小学读书已经是40年前的事了，当年的同学们如今再相见，每每提起往日的趣事，依然能够捧腹大笑。

生活的坚硬与回忆的温润

这是个无比安静的春天。

特别的日子里居然能有闲工夫在自家的阳台上晒太阳。望着楼下大珠江蔓延出来的一条小河，没有一点涟漪，但鸟鸣是亲切悦耳的，在南国的梅雨季节没有到来之前，这样的日子是最惬意的。加之有如此多的居家时间，一下子感觉生命换了一个频道，尽管每天依然有许多工作上的事务要处理，但至少节奏可以自己掌控了。原来，安静和独处也是有诸多益处的。

一个原本不爱看新闻，也不太关注朋友圈的人，也开始不断地刷屏了。不是无聊、孤单，更不是恐慌、担忧，而是一种或虚无、或玄空的感觉，好像很多人都是无辜的，又好像很多人就该罪有应得。越去关注，就越让你五味杂陈，情绪上越刻意疏离，其实内心越想逼近。看到他人的柴米油盐、醋酱茶酒、衣食住行、悲欢离合，会随时刺激我的每一根神经，激发我的每一个细胞，因为这些才是我们每一个人最真实的生活场域，最真切的情感归依。许多跌宕起伏、气势磅礴的氛围是人为烘托出来的，非常时期或许是必要和必需的，但逝者离去前渴望生存的眼神，无助者绝望的呼喊，还有那些无畏生死的告别，甚至是身不由己的慌乱更能触动心灵中最敏感和柔软的部分，更能唤醒人性的良知和勇敢。

这么多年来，我一直喜欢平凡人的故事对自己内心带来的深深触动，却不喜欢那些所谓大英雄恢宏的引领。所以，这段时间那些点点滴滴的感动和思考，又唤起了我写诗的冲动和激情。一个月内有关疫情的诗歌写了整整10首，大多是写给医务人员的，有几首在朋友圈里作了分享，有医院院长和管理者在看后不到五分钟就给我反馈，他们要在2020年的护士节或医院后续组织的文艺活动上朗诵。有的朋友讲，我的诗歌平静中蕴含波澜，理性中渗透着温暖，诗中的那种疼痛感不是硬从肉体中挤出来的，而是从骨头中迸发出来的。我很认同这种评价，因为这与我们的生命历程相契合，与人世间的万千景象相共存，与我个人的价值观也相融通。有人说，这次疫情所带来的影响会让人们进行深刻反思，吸取教训，调整思维模式和生活方式，但哲学家黑格尔说过："人类唯一能从历史中吸取的教训就是，人类从来都不会从历史中吸取教训。"也有人说，历史总会惊人的相似，但又不会简单的重复。我的看法是：这段时期能不能记住不必纠结，关键是我们曾经经历过、体验过，或喜、或悲、或愁、或笑，都是生命的痕迹，无法抹去，这就足够了。

我似乎有个自觉或不自觉的习惯，隔段时间喜欢整理一下自己的书柜，或伫立书柜前凝视那些书籍。看到某一本书时，就能一下子勾起我当时买这本书的情景，甚至能回忆起当时的情绪和心境。特别是文友们送的那些签名的书籍，看着熟悉朋友的作品，想起与他们各种交集的过往，便有无限温暖涌上心头，朋友们或豪放激昂，或性情木讷，或温文尔雅，或婉约沉静，关注着他们在各地丰富多彩地活着，偶尔书信往来、短信问候，这些都点缀了我生命的颜色，丰富了我人生的内涵。人过五十，梳理一下，我的人脉基本就两条线，一条是医院管理之路上志同道合的朋友，一条是文学创作之路上情投意合的朋友，理性和感性特别融洽地汇聚成了我生命的河流，北方和南方的生活共同交织成我生命的原野。

居家的这段时间，我又全面地整理了一下自己的书柜，再次分门别类地做了归放。特别是对于自己编著的书籍，一边整理一边翻阅，阅读着自己30年前写的东西，虽然文字稚嫩，有些甚至逻辑上也不太通，但回味着自己留下的文字，却让我一下子忆起了当时写作这些文字时的情景和心境。从1990年参加工作起，正式出版的文学作品集和管理著作有30多本了，看着占用了自己整整一节书柜的作品“库存”，感觉这些图书就是我30年的生活记录、生命脉络。在整理各种证书时，又细细翻看了自己的团员证、党员证、工会会员证，各级作协、各种协会的聘书，还有若干大学的特聘教授、客座教授的聘书，许多医院的顾问聘书以及许多重要的获奖证书和荣誉证书等。真是应验了奥地利诗人里尔克的那句话：“我的诗集就是我的坦白。”而我想说：“我的作品就是我的坦白，我的证书就是我的历史。”人生是需要留下一些“物证”的，它可以让我们的回忆更加温润、悠长、旷远。到了我们这个年龄，是不需要听什么励志故事，更不需要听什么励志课了，自己过往的悲喜、成败以及生命个体独特的体验和感悟，足以把一个人真实、内在的生命激情自然而然地暴发出来。

现在的年龄喜欢讲“归来仍是少年”，可在20多岁，我们却喜欢“人生尚未出发，已是暮年”的感觉。翻阅自己20多岁留下的文字，才发现自己那时急于成熟，渴盼“沧桑”，假扮矫情，甚至是故弄玄虚。所以，我现在也特别理解有些年轻人动不动就讲失落、焦虑、无奈。人嘛，生理和心理走向成熟都需要一个过程。有文字为证，在1995年出版的《山豆诗选》的自序中，有一段“现代化的工业文明导致了现代人心灵的脆弱，参加工作仅仅五年的时间，我已经开始讨厌那些虚伪的面具，人与人之间的欺诈和种种不公的现象，常常有一种一个人跑到大山里去的想法，而事实上这是根本不可能的，后来便有了一些《孤独的旅人》《让什么提醒我们回家》一类的诗作”。其实我当年的事业和生活顺风顺水，小日子过得可谓是醉酒当歌，感觉到工作和生活无聊才南下广州的，有何“沧桑”可言，有何“不公”感受，完全是跟着“老人”人云亦云。那可谓是假冒过的“沧桑青春”。在同年出版的《山豆小说选》后记中写道：“其实，我天生就不是当作家的料，顶多不过是个文学爱好者。我之所以对文学如此执着，是因为在我出生的这片土地上，出了腰缠万贯的富翁，也出了很有实权的县处级干部，而唯独没有出过一位著书立说的人，因而对于文学我往往显得有点执迷不悟。” 1995年，弟弟张勇（笔名红石，也是在20多岁加入内蒙古作家协会）出版了诗集《没有温柔的季节》，我为其写序。序言的题目是《青春与诗同在》，开篇写道：“二十三岁的弟弟居住在一个偏僻的小站写诗，写得很苦很累。他曾试图想通过写诗来改变自己的命运，但真实的情况是他比过去活得更沉重也更无奈。二十六岁的哥哥翻着弟弟一笔一画的诗稿，心理总有一种说不出的苦涩。很多时候，我想弟弟为什么会和我走上一条同样的道路，而且是那样地执迷不悟。”年纪轻轻，有何苦难？看了都会起鸡皮疙瘩。但年少轻狂，天将降大任于斯人，舍我其谁，这大概都是年轻时的一些心态吧。这些文字让我忆起了弟弟当年把一笔一画的诗稿让我修改，我教他朗读诗歌，一起探讨写作的手足之情。弟弟当年的诗确实也有一种青春的“忧伤”：“五指叩不住的心弦/弹出忧伤的曲子/唯一的观众/却从不懂音乐。”“小屋静卧如钟/敲响情感之门/是谁绕过我的家门/避开笛声。”“是谁骑在马背上/敲响五月的花海/荡满荒野的歌声/随风倾倒/疲惫的灵魂/沉睡温馨的花丛/拔节的梦飘向草原深处/雕花的马鞍/是今夜唯一的灯盏。”弟弟其实是很有才情的，我们兄弟俩当年豪情万丈地热爱文学，但都没有很好地坚持下去。

看着发表了作品的那些文学样刊，让我想起了与老一辈作家、编辑、老师以及朋友们交往的那些美好瞬间。90年代在内蒙古文联《草原》文学月刊社曾经小住过一个月，是作为内蒙古的重点青年作者接受培训，和几位文友在呼和浩特的寒冬里，在一个窄小的小酒馆里，每人凑了5元钱，花生米、猪头肉、二锅头，五六个小时的神侃，喝得天昏地暗，激情四射。看着老家挚友寄来他们的作品集，想起了当年在准格尔开笔会、办作品研讨会、组织征文活动、举办演讲会的激情澎湃；想起了在汕尾主编的《汕尾青年文学作品选》，办诗歌作品展时的热血沸腾。来广州后，我又有了作协理事、创作委员会副主任的头衔，偶尔也会参与一些聚会和活动。看着一些医院管理著作，想起了与院长、老同事为了修改书稿挑灯夜战、倾心长谈，执着事业的往事历历在目。看着《现代医院》杂志五周年纪念画刊，想起担任副主编时老专家的谆谆教诲。翻阅厚厚的上下两册《内蒙古七十年诗选》，自己的诗作有幸被收入，说明家乡和我，都没有彼此忘记。这足以让我欣慰，每一个时代，我都是在场的。

在老婆的动员下，这十几年来第一次完整地看完了一部电视剧——《新世界》。毕竟是一个虚拟的故事，没有必要纠结为什么某人总会在最险处“绝境逢生”。但吸引我的剧情是在北京解放的前20多天里，三个拜把兄弟的生离死别，都是小人物，但背后有宏大的叙事。刷手机看到最近武汉某位厅官得了新冠肺炎，因为医院床位紧张无法住院最终惹出了事，于是有评论说非常时期大人物居然看病也难之类的云云。其实所谓的大人物都是虚幻出来的，只不过是在一个特定的场景里各自扮演了不同的角色，有的人不明白那是戏，始终走不出角色，有的人迷惑一阵子后最终还是走出来了，前者如老版电视剧《红楼梦》中林黛玉扮演者陈晓旭，后者如香港电视剧《霍元甲》中霍元甲扮演者黄元申。

这几天还有中医、西医之争，中医界还有官方和民间之异。其实都是“世上本无事，庸人自扰之”。中医能不能治病还用讨论？我父亲就是中医，我打小一生病就是几副中药下去必然管用，至于民间偏方也一样有管大用的。有人说，中医无法验证，把病人治好不是验证吗？还有人说中医不科学？科学只是已经认知了的一些事实，可这个世界上未认知的远远大于已认知的。

一名医院院长因为对医务人员用语粗暴，大发雷霆被立即免职了；一个五六岁的小男孩独自陪了几天已经逝世的爷爷。诸如此类的报道很多，这个世界还是一如既往的坚硬，一如既往的温润，那就让或冷或暖的世界继续点缀我们五彩缤纷的生活吧！

我的父亲母亲

我的父亲在去世多年以后，我认定他是一个少言寡语，而又意志坚定的人，我的母亲则是一位渴望表达，但又非常谨慎地想把话语拿捏得恰到好处的人。他们在世的时候，我曾非常坦诚地告诉他们，作为父母，也是有责任用更长久的时光来陪伴他们生育的孩子的，这是我用激将法希望他们不必过度操劳，要学会颐养天年。母亲曾正儿八经地承诺她会戴上老花镜为我拔掉一根一根的白发。但最终的结果是，父亲与我相伴了40年，母亲与我相伴了52年。当我想更长久地与他们彼此陪伴时，他们却仙游到了另外一个世界。这世界，父母子女的情缘，原来也是取决于缘分和造化，承诺是靠不住的。

我的先人大约在1883年（清光绪九年）前后，从山峦起伏、沟壑纵横、缺少耕地、连年灾荒的山西省忻州河曲县，来到内蒙古鄂尔多斯市准格尔谋生。先人们看到一处山坡土质坚硬，且附近有一眼泉水，便打下两孔土窑洞落脚安身，由此开启了此脉张氏家族在内蒙古的漫长生活，到了我这一辈，是第五代人了。在我父亲之上的三代人，都是常年面朝黄土背朝天，日出而作，日落而息地蛰居在准格尔蒙家敖包的那个山坡上。在我幼年的时候，爷爷曾经在许多个夜晚，伴着煤油灯昏暗的光给我讲述先辈们忍饥挨饿和饱受病痛折磨的艰辛日月。他喜欢抽着一竿子旱烟吞云吐雾地娓娓道来，那些让我听起来都会泪流满面的故事，他讲起来却是云淡风轻，仿佛他亲身经历的那些苦难发生在别人身上一样。爷爷讲给我的那些先人们的故事，让我对自己的祖辈们充满了感激和好奇，感激是先辈们的坚韧才延续了我们的血脉，有了我这一身血肉之躯，好奇的是如果他们今天还活着，他们将如何待我，我又如何待他们，遗憾的是最值得景仰的祖宗也是没有现世缘与当下情。我的父亲通过自学中医，从赤脚医生做起，后又到伊克昭盟卫生干部进修学校培训学习以及到上级医院进修，通过自己的勤学苦练，成为了黑岱沟卫生院的骨干医生并担任了院长，退休前是城坡煤矿职工医院的院长。母亲则完完全全是一名全职的家庭主妇，她一生的心血都倾注到了整个家庭的吃喝拉撒和四个子女身上。尽管我从小不用放羊喂猪挖野菜，但我生活的那个不足千人的小乡镇，到了夏季到处都是绿油油的庄稼，傍晚的炊烟和深夜的蛙鸣所营造出来的乡村景致深深地渗透到了我的骨髓里，纯朴善良的父母和顽皮的兄弟姐妹们所演绎出来的生活场景，在父母离世后我居然不敢回想，每回想起，无限悲伤汇聚的河流就要从胸中奔泻。至深的爱失去时就是至深的伤痛，时间从不会让人遗忘，时间只会让人无限地追忆。

在我快近40岁时，我才惊诧父亲是多么地坚强与隐忍。父亲6岁时他的母亲我的奶奶因病去世，父亲20多岁时他的哥哥我的大爹在煤矿挖煤时遇难，父亲30多岁时他的姐姐我的姑姑因病去世，这对一个人是多大的打击啊！我的爷爷、父亲是如何在这样的事件面前挺了过来，即使成年的我也不敢不忍去想象。我曾努力回想父亲在世时和我说过的话，但无论如何回想，我都无法回想起父亲曾经和我谈起他的哥哥、姐姐，更没有谈过他失去哥哥、姐姐时的悲伤。但我清楚地知道姑姑去世后的数十年，他依然和姑夫一家保持最亲密的关系，逢年过节走动自不必说，平常的日子里也是经常保持着密切的来往。

在父亲去世后，我梳理那些过往，才发现父亲此生和我说过的话很少，他既不张扬他的威严，也不轻易展现他的慈爱。他用沉默淡定影响了我，以至于我人过50都不知道什么是“困难”，熟悉我的老同事曾经总结过我过去的口头禅“别怕”“没事”。如果父亲还活着，我会把这段话发给他看，可惜命中无缘。随着自己年龄的增加和阅读到的知识，我理解了父亲为什么一生少言寡语，他6岁丧母，青年时代又痛失哥哥和姐姐，和我母亲的情感也如那个时代千千万万的夫妻一样，锅碗瓢盆的碰撞中磨合那些琐碎的日子，故而我也很少看到他们的相处能有多少浪漫的涟漪。这些因素或许会影响他的表达，甚或不知道如何去表达。

2007年在广州看病时，我妻子给他买了一条800多元的裤子，他不停地抖落着裤子说：“一条裤子怎么这么贵？一条裤子怎么这么贵？”2008年回家过春节，我整理自己的背包，顺势把两包咖啡扔到餐桌上，父亲拿起来用水冲，一边冲一边笑眯眯地说：“这黑乎乎的东西很好喝。”我问：“你没喝怎么知道好喝？”父亲答：“2004年在广州做手术时，在你们家我也喝过。”我说你喜欢喝怎么不说，父亲又是沉默。那一刻我想我应该为父亲买些咖啡来喝，可20多天后，他就去世了，始终还是没有再喝那个黑乎乎的东西。

父亲给我留下深刻记忆的时光就是黑岱沟那会儿。从1983年到准格尔旗第一中学开始住校读书开始，之后只有每年的两个假期在家中度过。1990年7月从赤峰卫生学校毕业，当年12月我就结婚成家，过起了自己的小家庭生活。1998年离开内蒙古南下广东，与父母相聚的日子更是屈指可数。在我的印象中，父亲就是长年累月不停地看病，小时候觉得普天下的人都有病一样，不然一个小小的黑岱沟怎么能有那么多的病人。我印象最深刻的就是几乎每天晚上尤其是三更半夜的时候，我们的家门总会有人不停地敲："张大夫，张大夫，我家老爹抽过去了"；"张大夫，张大夫，我家老婆要生了"；"张大夫，张大夫，我家孩子发高烧了"。迷迷糊糊中听到了，也不会影响我们睡觉，因为家里的人都习以为常了。而此时，父亲会快速地穿衣下地，背上药箱，随着喊他的人上门出诊了。这一出诊，有的是几里地，有的是十几里地，有的是几十里地，凌晨出诊，到晚上甚至第二天、第三天回来也是常有的事，因为遇上疾病复杂难治，大夫留下来陪上一两天，那是再平常不过的事了。我的记忆中，父亲曾经用骑驴、骑马、骑自行车、骑摩托车的方式出诊过。那时的乡镇卫生院和现在的乡镇卫生院在功能上有很大的差别，受交通不便、经济能力弱等多种因素的限制，人们看病大多到卫生院。由于黑岱沟有几个煤矿，经常有被砸成重伤的矿工，矿工受伤后必须在第一时间救治，那时父亲既可以做骨科手术，也可以主刀肝胆胰脾破裂的手术，虽然不能做到样样精通，但作为基层的医生，当年是什么病都得来一手的。若干年后当我从事医院管理工作时，我问父亲：“依你们当时的条件和技术水平，怎么什么病都敢碰？”父亲说：“能不能治好是一回事，敢不敢治是另一回事，在那种条件下，只能死马当活马医。”加班，抢救，出诊似乎是父亲工作的常态，每天晚上睡觉前，我们是很少能见到父亲的。早上起来上学时，父亲往往又是出诊没有回来，因此，即使当年我生活在黑岱沟，我们耳濡目染的日子也并不多。但偶尔见到父亲钻研医书，对病人热情温和的那些细节，我历历在目。我觉得他作为一个父亲是伟大的，作为一名医生是伟大的。这也是我高中毕业后立志要像父亲一样学习中医的主要缘由。由于严重偏科，最终我只能主要依靠语文和政治的成绩考进了赤峰卫生学校中医班，并暗下决心要苦学经典，扑在一线，成为一名能超越父亲的好中医。但在毕业分配时，又因为写作和演讲的特长被院长选中走上了从事医院管理的职业道路，而且慢慢热爱得身不由己，最终安慰自己，干一行爱一行并干得出色也同样是对父母最好的回报。经常有朋友问我，你和你的父亲，孩子交流的多吗？好吗？我回答说：“我父亲是学中医的，我也学了中医。我是后来从事了人力资源管理，我女儿也从事了人力资源管理。你说多吗？好吗？”朋友说：“非常好！非常棒！”我说：“其实我也说不清。反正尽管我学了中医，我父亲从未表现过赞许，也从未表现过反对。像我女儿学了人力资源管理，我从未表现过特别的赞许，也从未表现过反对。”但我知道：大爱不多言是需要用一生去体会和感悟的。

我的母亲去世后，我们兄弟姐妹在整理她的遗物，特别是翻看她的那些照片时，才感慨母亲是一位特别讲究生活秩序与情调的人，她的每一件衣服都归类清晰，叠得整整齐齐，任何一件物品的摆放都讲究规则与美感。母亲在任何一张照片中都刻意地留下了她温暖而有喜感的姿势与表情。我们都不相信几乎没有读过书的一位农村妇女为什么会有如此的生活审美。其实我的内心非常清楚，母亲一直在用晚年的幸福生活弥补她青春的遗憾，一直在用当下的美好弥合她曾经的伤痛。事实上，事业有成、团结和睦、孝顺有德的子女孙儿们也确实让她自信、自豪，言语间会洋溢出幸福的浪花，甚至还学会了任性、撒娇，但命运不济，当深夜里我把她搂在怀里，在我熟睡之际，她却悄悄地停止了呼吸。那一刻，我只能用泪水抑制悲伤，用黑夜战胜黑暗。既然与所有的亲人，与这尘世情缘已尽，那么就回归到原本属于她自己的世界吧！那里有她需要的舒适与宁静，有她热爱的鲜花与光亮，与我们只能留下灵魂的隐秘和精神的牵引。

母亲留给我印象最深的细节是每年秋天她穿着父亲的白大掛，戴着白帽子，坐在院子里，为我们兄弟姐妹几个拆洗冬天的衣服。那个季节一放学，我们进了院门，就发现母亲坐在一个小板凳上，一针一线地缝补衣服。高原上的秋天天空瓦蓝瓦蓝的，阳光温煦地照在我们身上，一进门就看到了端坐的母亲和她灿烂的笑脸，很多时候母亲什么也不说就转身到屋子里拿饭，那个时候我们觉得我们一生都会这样，一生都会有母亲给我们拿饭，我们不会想到母亲有一天会死，死亡是很老很老的人的事。如今母亲真的走了，永远地走了，我们才发现，没有母亲的我们更像一个孩子，就是一个没有母亲的孩子。

于母亲，有两件事我始终记忆犹新。在黑岱沟小学上五年级时，有一天我听到乡里的大喇叭广播说包头晋剧团要委托山西戏曲学校招收五年制的戏曲学员，将来可以进剧团唱大戏。当年黑岱沟每年夏天都会组织一次物资交流大会，一般是邀请山西的晋剧团来唱大戏，并吸引一些小商小贩们进行商品买卖。看到那些演员们可以游走四方，并在舞台上大展风采，很是令我羡慕。听到要招演员的消息，我异常兴奋，回家便和母亲说我也要到旗里报考，不用太多的说服，母亲就欣然同意，并给了我10元钱。虽然最终没有考上，但我拿着10元钱，亲眼目睹了旗政府所在地沙圪堵的繁华和盟政府所在地东胜的阔大。那次最终没有成功的考试让我暗下决定，我长大后一定要离开黑岱沟，至少要到像沙圪堵那样的地方，那才是我未来理想的生活之地。这也是我在女儿初一刚刚入学，还有数十万元房贷的情况下，我安排全家人迫不及待地到欧洲旅游的主要缘由，我知道暂时贫穷和没有知识都不是可怕的，最可怕的是没有眼界。我的远方梦，城市情结就是在那时根深蒂固地植入了我的内心。我的妻子是我的高中同学，高二时我们就恋爱了。当时我的三姨住在沙圪堵，我母亲来看三姨时，我把女朋友带到三姨家见我母亲，一起吃完午饭后，母亲悄悄对我说：“将来想娶人家，就得一直对人家好，不能变心！要好好学习，千万别到时候又得回来种地！”回想从出生到成年，不管我做什么母亲似乎都从不反对，她总是说“你想好了再做”“做了就别后悔”之类的话。

我是1998年农历八月十六日从家乡动身前往广州的。在为我打包行李的那些天，我看见父亲在整理行李时悄悄落泪，一向表情平静的他总显得有些黯然神伤。而母亲在我离开那天，就在我上车的一刹那，她突然面对院墙，双手抠着砖缝号啕大哭，最终也没有回头看我一眼，我转身上车任泪如雨下。老实说，我也曾一再怀疑此生是否有必要阔别家乡，从北向南，去经历那么多的生离死别，但固守在父母身边就一定不会有这种经历和体验吗？人生不能过度回望，只能一路向前，永不后悔。

平静时我会和兄弟姐妹们冷幽默地说，咱们的父母此生是肝胆相照。我父亲2004年春天诊断为肝癌，主要在广州手术和治疗，2008年春天离世，享年64岁。我母亲2016年夏天诊断为胆囊癌，主要在北京手术和治疗，2020年秋天离世，享年72岁。父亲从手术和治疗方案就非常清楚地知道自己得了什么病，经过半年多的适应期，他基本能够淡定面对，从容治疗。对母亲的病，我们则一开始就进行隐瞒，加之手术和初期的治疗效果比较好，她也是稀里糊涂，不去真正面对。到了2019年，由于病情的恶化，她基本上清楚自己得的是什么病了，表面上看起来平静如水，但能够体会到她内心的挣扎和对生命的依依不舍。

亲人之间冥冥之中是有一定的心灵感应的。2008年2月29日，我在北京为协和医学院继教学院组织的一个医院管理培训班授课，早上起来心慌胸闷，上午上课浑身出汗、两腿发软，中午也没有任何食欲，我感受到父亲很可能即将离世。下午一上课，我要求助教老师把机票改签到呼和浩特，当晚乘坐CA1101航班抵达呼和浩特，晚上在姐姐家住了一个晚上，第二天中午和姐姐一家一起回到了鄂尔多斯，看到躺在病床上的父亲时，他睁开眼睛微弱地问了我一句“你回来了！”然后就开始昏迷，到3月2日临近中午时永远地离开了我们。2020年9月24日，我在北京结束了一场医院的内训课程准备飞南宁时，姐姐给我来电话：“妈妈好像已经开始昏迷。”那时我刚刚登上北京大兴飞往南宁的飞机，其实那几天我已经有了某种不祥的预感，原计划是25日回家的，但没想到母亲的病情会发展得这么快，我下了飞机，打的士急速地赶往北京首都机场，在的士上才开始订票，又订到了CA1101航班，飞机抵达呼和浩特后连夜赶回了鄂尔多斯，当看到躺在病床上的母亲时，她已经吸着氧气，处于昏迷状态，从我见到她到9月30日深夜离世的数天里，母亲没有和我清晰地说过一句话，但她知道她的儿子回来了，她知道所有的子女们都在她的身边。回想父母亲离世时我们兄弟姐妹四人匍匐在他们床边，泪水滂沱，人生中的死别真是一场悲痛欲绝的折磨。

2020年10月6日，当亲人们把母亲的棺材缓缓放入墓坑，与父亲的棺材并列在一起，阴阳先生在两幅棺材上铺展开一幅红绸被面，并摇着铃铛，手撒五谷，振振有词的时候，我知道，我挚爱的父母完成了他们一世永远的相聚，这相聚里有泥土的厚重，有树木的宁静，有稻谷的芬芳，有风雨的凄楚，有河流的悲伤，有山谷的欢笑，有花草的艳丽，不管是什么，他们都曾绽放过照耀我前行的无限光芒。

在尘世中相伴了45年的父母，在天堂里永不分离。愿父母安息！

诗人的责任

法国的罗曼·罗兰有一句名言：“诗人的生命，是唱永恒之歌。”它不能不说是对当下诗人写作的一种警示和提醒。在这个价值观多元化、生活方式多样化、各种矛盾叠加甚至是冲突的时代大背景下，这些能够写下文字并公开发表到媒体上甚至是很自由地传播到网络上的诗人，应该写什么样的作品？其作品应该承担什么责任？诗人本身应该承担什么责任？我觉得在下笔之前和发表之前都是值得思考的。

应该说，对于这些问题，人们的认识还是比较清楚的。一方面，我们在呼唤诗人写出更贴近时代、贴近生活、贴近百姓，具有较高艺术水准，能够感动人们心灵的好作品；另一方面，我们也在做诗歌的宣传和普及工作，号召更多的人来读诗爱诗。而作为一些诗歌媒介，则在努力地架起诗歌与读者之间的桥梁，力争把诗歌与读者维系得更加紧密。从总体的态势与走向来看，对于诗歌我们完全有理由持一种乐观的态度。

我们强调诗人的责任，并不是希望诗人去担当什么救世主，也不是希望诗歌能够改变生活状态，更不要求诗歌去推动社会的进步，但至少诗人可以反映这个时代的生活，可以让这个世界在抵达文明的进程中多一点良知，可以让这个社会多一些自由的声音。正如法国诗人和剧作家圣琼·佩斯所言：“诗人的责任是在我们当中证实人类双重志向。而这等于在人类面前竖起一面更灵敏地反映心灵的可能的镜子。这是在这个世纪本身展现一个原始人更相称的人类的命运。总之，这是更加勇敢地把集体的灵魂和精神力量在世界上的传播结合起来。如此，面对原子能，诗人的泥灯够吗？——够的，如果人们还记得泥土。”我觉得诗人应该成为这样的人，应该承担起这样的责任，而要称职地履行好这一责任，唯一的途径就是：用自己心灵深处的声音写出真诚的诗作。

我对于那些歌吟自己内心世界，小情小调，甚至是极端个人化的优秀作品，一直是持肯定和欣赏的态度，因为写作至少可以宣泄情绪和自我疗伤。但与这个社会的“冷暖”相比，当今的诗人似乎还是稍显“冷漠”，关注社会、关注时代、关注百姓起居的优秀诗作还是少了一些。所以，诗人确实有责任关注现实生活，关注那些普通百姓的生活，写出具有时代感的大气之作，因为这不仅可以延长诗人的“生命”，而且还可以温暖这个世界。

作为诗人，我们必须从多角度来关注这个社会，关注当下现实，关注老百姓的生存。在历史的进程中，诗人的力量是微不足道的，但诗人只要真心实意地尽到责任，诗歌的价值就会得到最大限度的彰显。

诗歌与百姓的距离

夜深人静的时候，打开窗户，坐在写字台前，翻开友人的一本诗集或某本诗歌刊物，阅读着一首首能打动自己心灵的诗作，会有一种随夜风轻舞飞扬的感觉，偶尔望望窗外的星空，心里忽然产生一种说不出的惬意和言不由衷的感动。我不知道现在还有多少人像我一样在深夜里为诗歌感动，在这个物质生活极度张扬而精神生活相对贫乏的时代，我想，这多少也算是一种精神奢侈吧。

有人说，在80年代，倘若说你是一名诗人，人家会立刻肃然起敬；在90年代，倘若说你是一名诗人，人家就会不屑一顾。而现在，倘若说你是一名诗人，有人会觉得你是一个“疯子”或者“另类”，言下之意，就是现在的诗人“臭”了，诗歌“臭”了。其实，说这话的人，大多是写诗的人，大多是一些写诗的人在自个儿作践自个儿。为什么他们要自个儿作践自个儿呢？这大多是因为这些诗人写出的诗一般人实在是看不懂，慢慢就没人买诗人的账了。而诗人又迫切地希望能像那些“星”们一样被“捧”起来，走到哪里都能受到热捧。由于大部分人不买账，就有些诗人就骂，骂国民素质低下，骂老百姓教养不够。可骂归骂，老百姓还是该吃就吃，该喝就喝，根本没把这当成一回事，或者压根就不知道一些诗人在自个儿作践自个儿。人们的冷漠让一些诗人自讨没趣，他们便开始在自个的“圈子”里折腾，虽然到了天翻地覆的地步，可老百姓还是认为这种折腾与自己毫不相干，于是，一些诗人与普通大众的距离就越来越远了，诗歌与普通大众的距离就越来越远了。

我这么说并不是要对当下的诗歌创作做全盘否定，好诗应该说还是有的，只不过是越来越少了。诗歌传统的感物言志功能正在慢慢丧失。某诗人曾在一个“圈子”里的聚会上坦言，为了追逐诗坛一股一股的“潮流”，自己在三年前写下的“鸿篇巨制”，在三年后居然连自己也看不懂了。你说，这让普通老百姓怎么读，连自己都“糊弄”不过去，还能“糊弄”得过老百姓？

想想自己为什么能够坚持不懈地读诗写诗，一是自己读诗写诗10多年了，确实受到了诗歌的熏陶，若久不读诗则好像缺少了什么；二是自己打心底里爱诗，有些东西觉得必须用诗表达出来；三是自己对打麻将、看电视剧之类的“休闲”实在是提不起兴趣，那么多的“大好时光”不可能总闭着眼睛在床上度过，这时读诗写诗便有了多种功能。老实讲，大多数人不可能对诗这么“痴情”，能够硬着头皮看看也是很给诗面子了，如果很少有诗能将他打动，甚至他弄不清写的诗到底要表达什么，他还怎么对诗歌提得起兴趣呢。诗人表达自我，抚慰心灵，绝对没有错，但也应该写一些让老百姓能够读懂的诗，让他们也能够和诗人分享一点读诗的快乐。

诗人应该成为时代的歌手，这是一句当真的话。

神秘的诗歌

对于诗歌的意义，我至今仍然不能完全说得明白。但我想一个人之所以对诗歌满怀执著和欲罢不能，肯定冥冥之中有一种类似精神的东西在感召和呼唤，由此导致诗歌的创作或阅读必然是情感与情感的交融，灵魂与灵魂的对接。

诗歌是一个多么神秘的“怪物”，正是这种神秘给了我们许多物质生活所不能给予的东西；正是这种神秘，让我们感觉到世界的难以认识和生命的前途未卜；正是这种神秘，让我们体味到生活中无时不在、无处不有的美好。也正是因为如此，神秘的诗歌才成为我们精神的支撑和心灵的慰藉。

两位远隔千里从未谋面的诗人，第一次见面大都会有一种似曾相识、一见如故的感觉。对此，你只能说这是诗人之间的相互感染，是诗歌魅力的震撼。这是诗歌的神秘性使然，是人文情怀在诗人身上的展现。

在这十多年的风雨中，是诗歌为我撑起了心灵的大伞，是诗歌为我拨开了精神的晴空。在从北向南的一路漂泊中，我满怀深情地告别了北方那令我永远难以割舍的黄土高坡，故乡是我一生的牵挂，但诗歌为我营造了永恒的精神家园，成为我在漫漫人生之旅中最安全的休憩之所。神秘的诗歌给了我充实的精神生活，给了我透明的心灵，也给了我纯净的世界。

面对艰难的生活，诗歌给了我们抗争的勇气；面对心灵的重压，诗歌给了我们抵御的力量；面对冰冷的世界，诗歌点燃了我们生命的激情；面对人间的不幸，诗歌给了我们爱心和善良。然而，诗歌也可以让我们在某个瞬间突然产生莫名的忧郁，可以让我们在某个孤独的夜晚触摸到生命的疼痛，在流逝的岁月里体验无声的伤感，这一切都是因为神秘的诗歌，因为无私的诗歌，因为欲罢不能的诗歌。

诗歌说出了我们不能说出的话语，释放了我们无法言说的痛苦，宣泄了我们无法排遣的忧伤，承载了我们无法承载的苦难。这就是神秘的诗歌，让人无法说清也言说不尽的诗歌。

诗歌是诗人灵魂的家园、精神的伴侣，是诗人穿越人生沙漠的绿洲和甘泉，是诗人征服苦难世界的金戈与利剑。诗歌包容了诗人的幸福与欢乐、不幸与悲伤，也彰显了诗人的才华与智慧。

诗歌是神秘的，神秘的诗歌把我们引领到了一个永远值得追寻一切、质问一切和回答一切的神秘世界，诗人正是从这种神秘境界走向了自觉与自省。

从最初的地方出发，最终又返回最初的地方。是诗人创作路径的神秘导致了诗歌的神秘，还是诗歌的神秘导致了诗人创作路径的神秘？这些其实并不重要，重要的是神秘的诗歌为诗人幻化出了一个纯净的世界，而它完全可以让诗人引以为傲和引以为荣。

是的，现在还没有足够的理由来否定神秘的诗歌不能让诗人引以为傲和引以为荣。

写诗，对生活的另一种理解

我在黑暗中看到了比黑暗更黑的东西。

我在光明中看到了比光明还要闪亮的东西。

当然，在黑暗中我也看到了那些隐匿起来的光明，在光明中我也看到了那些隐匿起来的黑暗。这个世界，留给我们的早已不是非黑即白、非白即黑的成规印象。而写诗，正是我们对这种印象在理念上的一种表达，是我们对生活的另一种理解，或者说是在生活的远处或高处对生活本身的一种回望和反思。诗歌，正好为我们达到这样的目的提供了最恰当的载体和开阔的道路。

生命的获得其实只是一次极其平常的偶然，诗歌本质上说白了也只不过是对这种平常与偶然的礼赞与膜拜。但诗歌又确实有超凡脱俗之功能，它能使一个人的生命从芸芸众生中迅速站立起来，它赋予了生命非同寻常的意义与价值。而诗人，之所以固执地写诗，不肯放下他们手中的笔，正是因为诗歌把诗人推到了人生的顶峰和极致，诗歌帮助诗人实现了他们现实生活中永远也无法实现的梦想。

我们应该感谢诗歌，我们应该庆幸自己在世俗生活中还没有舍弃诗歌。诗歌使我们对生命、人生、生活有了更深层次的理解和把握，诗歌既不是我们的此岸，也不是我们的彼岸，它是傲然于我们生命之船上的理想之帆，希望之帆，激情之帆。

诗歌让我们触摸到了生命中那种刻骨铭心的真爱、裂肺断肠的疼痛、轻舞飞扬的快乐，诗歌引领我们穿越了神秘的沼泽与丛林，诗歌为我们营造了诗意的精神天堂，诗歌为我们的生命进行了无限可能的延长。

我们选择写诗，只是想在这个浑浊的世界里保持自己独立的个性，维护人性的尊严；我们写诗，只是不想与那些我们不想认同的人异口同声，我们想在千篇一律的口号中喊出自己的声音；我们写诗，是因为我们想保持自己心灵的宁静，是想把自己的灵魂放牧在辽阔的旷野。诗歌是诗人真正无私的情人，它点燃诗人的才情，照亮诗人的灵魂，延续诗人的生命。

诗人应该是自由的，思想是自由的，心灵是自由的。诗人应该是高尚的，精神是高尚的，灵魂是高尚的。诗人应该像诗歌那样，用自己的思想和心灵使这个世界变得温暖，变得美好，应该像蜡烛那样，燃尽诗情，点燃生命。

写诗，是我必须坚持的生活，是我对自己生命最好的诠释与注解。

永恒的诗歌

诗歌让我们的心灵在这个越来越物化的世界里变得单纯而天真，让我们的生存回到了生活最本质的状态，这对于一名诗人来说，对于一名热爱生活的人来说，是一件多么幸福而快乐的事情。

诗歌可以把人生的欢乐、苦痛、悲伤、不幸、挫折，以及爱情、友谊、亲情等进行一次又一次的过滤和净化，这种过滤和净化是彻底的，也是纯粹的。诗歌不可能为我们营造一个脱俗的和完美的世界，但它可以把我们带到一个自由和空灵的境界。

诗歌表达了人类最富有智慧的思想，寄托了人类最美好的情感。诗歌总是引领人们走向真、善、美的精神世界。一个人喜欢上诗歌是幸运的，一个人能够写出诗歌是幸福的，一个人能用自己创作的诗歌打动他人是神圣的。

正如智利著名诗人聂鲁达所说："我认为诗是一时的然而又是庄严的产物，是孤独与相互关切、感情与行动、一个人的内心活动与大自然的神秘启示，成对地构成的。我还同样坚信，通过我们把现实与梦想永远结合在一起的活动，一切——人及其形影、人及其态度、人及其诗歌——都将日益广泛地一致起来；因为只有这样，才能把现实与梦想结合起来，融为一体。"是的，诗歌完全可以把一个人的现实与梦想水乳交融般地结合起来，使诗人走进一个精神理想王国。

诗歌不仅为我们创造了美，而且为我们表现美提供了最好的途径和方法，诗歌为我们接近美和抵达美提供了“捷径”，诗人的心理和精神世界，在他创作的诗歌美中得到了最好的展现，诗人存在的意义和价值也完全可以通过他的诗歌来体现。因此，美无论对于诗歌，还是诗人，都是相当重要的。从一定意义上说，正是因为诗歌为我们创造了美，才使诗歌具有了恒久的魅力。

诗歌是永恒的。永恒的诗歌不仅创造着我们的生命，而且扩展和延伸着我们的生命。诗歌可以使诗人活在不同的时间和空间里，即使诗人不在场的情况下，诗人也完全可以凭借他们所创作的诗歌与读者产生共鸣，与读者的心一同跳动，这也正是数千年前的诗人仿佛依然活在我们身边的缘由。而我们现今的诗人能不能活在数千年之后的读者中，则完全取决于他所创作的诗歌。有一点可以肯定的是，绝大多数的诗人是不可能做到的，因为经得起历史沉淀和荡涤的优秀诗作与优秀诗人毕竟是少数。

诗歌是永恒的。永恒的诗歌永远让我们充满幻想，永远让我们保持旺盛的活力，永远让我们对这个世界保持着好奇，永远让我们对人生充满热爱。为此，我们没有理由拒绝诗歌，没有理由不热爱诗歌。

从北向南（第二版）

SHIGE JUAN

诗 歌 卷

春天的花开在哪里

春天的花开在哪里
我为什么找不到往年秋天的落叶
被大雪覆盖的痕迹

布谷鸟是在黎明前
还是在黄昏后开始第一声鸣叫的
反正已经很久没有了它们的讯息

不管太阳有没有无私地普照
去年冬天的积雪还是在
初春的严寒中尽情地融化了
大地上所有的事物都有些滋润
但它们全部的水分
却未能孕育出灿烂的花朵

春天的花开在哪里
我们有没有必要不辞劳苦地寻觅
当然　我会有一万种理由
来阐述寻觅或者不寻觅的意义
但我知道那早已久违了的芬芳

是我们永远无法企及的一种真实
我这么执著只是想在和煦的春风里
说出自己隐藏了很久的秘密

一朵花到底能开在哪里
或许它已经在短暂的春天和我们的寻觅中
悄无声息地凋谢或者枯萎

这是我所知道的春天

这是我所知道的春天
风沙翻来覆去地肆虐
人们在生活的深处失眠

谁不怀念洁白的杏花
流动的云也不会在这个春天停歇
就连天空的颜色也褪尽了
枯死的草面目狰狞
是春夜月光下含冤的骷髅

我知道在这个春天
连远方的孩子也不会回家
他害怕自己那双颤抖的双手
推不开故乡久扣的门扉

人有时也能被一粒微尘擦伤

人有时也能被一粒微尘擦伤
尽管这粒微尘没有多少重量
也不是蓄谋已久
但那些在尘世中
心灵变得越来越脆弱的人
或者包括那些
心灵没有受过任何伤害的人
还是极容易被一粒微尘擦伤

只有被一粒微尘擦伤之后
人们才能恍然大悟
其实有时杀人不一定用匕首
也未必要流血
中伤也不一定非得用谣言
鲜花也可以是杀伤力很强的武器

官　场

几个说真话的人
在黑夜里骂着
那些在白天里说假话的人

一些说假话的人
在白天里骂着
几个在黑夜里说真话的人

与一只白羊的对话

一个午后
我遇见了一只正在慢慢老去的白羊
它有些可怜
孤零零的一个
不知道要去的地方

白羊说我们似曾相识
我说我们曾经有缘相见
白羊说是我的乳汁哺育了你
我说是你的无私耽误了我

它说
我吃进去的是草
挤出来的是奶
可那些曾经吃过我奶的人
忘恩负义
将我完全抛弃
我说
如果不是你把草吃掉
风沙就不会淹没我们的家园

如果不是从你身上挤出了奶
毒品就不会渗透进你的奶液
我们也不会变得
如此的贪婪

白羊说
是你们用未来伤害了我的过去
我说
是你的过去伤害了我们的未来

很多时候我们不知道自己的行踪

一条河流要流淌多久才能裸露出巨大的礁石
然后让我们看清它的真相
一艘巨轮要驶出港口多久
才能让我们辨清它的航向
很多时候我们不知道自己的行踪
也不知道我们的内心有多么的强大
或者有多么的脆弱　抑或有多么的忧伤

在太阳的晨曦中　我们曾躲避　曾隐藏
在月亮的朦胧里　我们曾奔跑　曾歌唱
我们曾试图吵醒沉睡的河流
我们曾梦想引导巨轮掀起的海浪
可很多时候我们并不知道自己的行踪背后
是河流　是礁石　是巨轮还是海浪

幸福比我们跑得更快

这是个寒冷的冬天
风切割着时间的记忆
我看见雪花的忧郁
在时光的隧道里无奈地徘徊

我忽然感觉生命有些急促
脉管里不再有青春奔跑的声音
此时特别想追赶点什么
可幸福比我们跑得更快
它一不小心
触痛了岁月的神经

还有什么能够
比幸福跑得更快
我们居然无法停下来
和寂静的大地
共同承载
一片雪花的问候

秋天是多么的耐心

夜慢慢地静下来
它把岁月拖得很长很长
怀抱故乡的秋天是多么的耐心
它用季节的轮回来等待
梦想的生长

炊烟被遥远的风吹散
我们的心总是那么沉重
美好的往事
也不能温暖青春的记忆

秋天是说来就来的
秋天是说走就走的
秋天的耐心
与我们只不过是
一次偶然的际遇

不管秋天是多么的耐心
我们的故乡终将远去
我们的青春终将老去

我们的爱情终将逃亡
我们的故事终将成为云烟

我想说的是
秋天　故乡　青春　爱情
和我们一样
都在幸福地经历着沧桑

为谁而歌

太阳那鲜亮的光芒
让我们在黑夜里
借着月光流浪
华丽的流行套装
曾给我们许过红色的诺言

我们亲眼所见
一只鸟被猎枪击落
四周声音呜咽
我们的语言开始晦涩
恍惚中感觉所有的人
布满寒冷和阴森
我们曾经为谁而歌
在那条真切的道路上
所有的鲜花和阴谋
都有恃无恐地开放

双手合十的掌声
悄无声息
走过漫长的路

才懂得第一次回头
身前身后已荆棘丛生
而今我们早已习惯
暗箭的反复伤害

我们所选择的问题都十分尖锐
而且随时会锋芒毕露
因而在最朴素的漂流中
颂歌一再作为我们的面孔
而心灵中却永远渗透着
泪水的真诚

我们是唱给道路的颂歌

我们必须和一群人结伴行走
不管怎样各怀心事　各奔目标
都是唱给道路的颂歌
同样的道路
我们的足迹却深浅不一
而且在有些人的脚印上
还落满了伤心的泪滴

我们和一群人结伴行走
与另一群结伴行走的人
擦肩而过
有的人遗失在另一群人里
或者另一群人遗失在我们的行列
谁都没有认真地分辨
许多面孔熟悉之后又陌生
陌生之后又熟悉

许多弯曲的道路让我们走得笔直
许多笔直的道路让我们走得弯曲
在拥挤的道路上

谁都无法顾及脚的伤口
或者随便进行一下抚摸
千年之后　还有谁能辨认
道路上那些风涌不息的颂歌

选择或者放弃

黑夜落幕的时候没有一点风
那些早归的群鸟发出最后的颤音
你就站在这样一个圈子里
不由自主地画地为牢

多少年的承载
多少年的庄严
你忘记了风烟弥漫的苦难
也丝毫感受不到曾经的优越
举起右手难道是最后一支令箭
谁说再迈一步就是万丈深渊

前进的步履早已失去了节奏
预告的节目不能正式上演
黑夜里花朵正灿烂地开放
阳光下的女人预先涂好了口红
很多时候我们是以歌唱的方式
徘徊在事物的周围
放弃尘世最淫荡的诱惑
接受良心反射出来的光芒

踏上通途就不会坚信
来自荒原上似明似暗的灯盏

是谁站在桂冠上指点江山
陈词滥调不再有人喝彩
那些所有敷衍的道路
早已被人们的真诚戳穿

在黑夜的最后一刻

在黑夜的最后一刻
距黎明还有多远
你是从深夜里刚刚起来
还是一直就那么漫长地醒着

在黑夜的最后一刻
有人一直想和你说话
可他不知道你已经睡去还是醒着
直到黎明真的到来
你才有了想和那个人说话的冲动
只是你也同样不知道
那个人是醒着还是睡着

在黑夜的最后一刻
你们都错失了对话的机会
那个时候你们都很清醒
只是因为害怕黑暗
而轻轻地闭上了眼睛
你们却不约而同地认为
彼此都在黑暗中沉睡

幸　福

幸福啊　在这个酷暑难熬的下午
你将怎样光临我的思想
和我愚笨的头脑

在这个下午
我将不放弃关上最后一扇窗子的权利
就像不放弃最终走出这个屋子的权利

幸福是一种安慰也是一种灾难
它的到来常常令我们猝不及防

在这个下午我除了不能把握幸福
还不能把握什么？

梦　者

把夜撕成了碎片　梦者
被一些最活跃的脑细胞唤醒
他的身体却在黑暗中沉得更深

正在拯救自己　在过去的场景
或者虚幻的未来里　梦者
终于找到了自己遗失已久的心灵

嘴里吐出的句子　含混不清
或者不知所云　梦者的呓语
让黑夜感到恐惧　这真诚的话语

永远无法企及　梦境里
一种无比完美的生活
有限的生命只能做无限的接近

我是多么的不可能

在秋天的睡梦中
我是多么的不可能
回到唯一的故乡

在春风吹拂的杨柳岸边
我是多么的不可能
回忆起曾经漫天飘舞的落叶

在繁复的闹市中
我是多么的不可能
停下来抚摸一下受伤的心

在遥远的路途中
我是多么的不可能
相信一个人的温柔

在十月的寒风中
我是多么的不可能
走向幸福的边缘

我真的看见
大片森林
在暴雨中倒下

我真的看见
一头迅猛的雄狮
在老鼠面前装疯卖傻

面对人世间的一切
我是多么的不可能
在骗子面前
说出真话

冬天里的虫子

冬天里的虫子
蜷缩着
在泥土里
它和大地一起呼吸

冬天里的虫子
爬在枯萎的树叶上
残风吹着它
与寒冷一起回家

没有比冬天里的虫子
更幸福的了
只有它
在寂寞与孤独里
懂得春天意味着什么

这世界

这世界是越来越险恶了
老狐狸正在花轿里诡秘地笑着

小兔子兴奋地从山上跑下来
曾和它玩耍的小猴子正悠闲地晒着太阳

我们正在大风里躲避暴雨
可自己的身体轻过了斗笠

夜幕里还是找一找回家的路吧
故乡和母亲才是我们最亲切的记忆

内　省

碎裂的阳光布片
落满殷红
那不是血滴
那是身体里的任何一滴液体

我们以自己为镜子
观照自己
然后在别人的流言里发光
没有人承认你是金子

嘴唇的颤动
不是发音的最好方式
你总不能用手说话
黑暗中你被一个人击倒
那正是你扭曲的影子

我的一个朋友

我的一个朋友
是一个疯子　人们都这么说他
连走路都像偷斧子
他时刻都是一个告密者
或者上访者
或者在座谈会上泄露真相者

我的一个朋友
可以给他露脸的场面
但千万不能给他说话的机会
连他爱人也是这么说的

他总是会不由自主地
在白天说出黑夜的秘密
在黑夜说出白天的秘密

夕阳很近

夕阳很近
我们是不是显得越来越老了
在黑夜的深处
有谁隐痛的孤独

我们转过身回望所走过的路
那是一些被人踩伤的句子

梦是不经意间碰落的
秋天的记忆依然是你含羞的面庞

夕阳很近
一场梦过后就是彼岸了
把我们一生感动的
还是不是生命中浮动的幽香

北方与南方

写这首诗的时候
我还没有去过南方
因此　我有足够的理由说
北方最近　南方最远

在北方　每一年的冬天
我都要坐在电视机前
听一听天气预报
那个时候我就想从北向南
做一次旅行
感受衣服被一层层脱去的滋味
写北方的时候
总离不了南方
因为任何事物都是相对的
就像西方把我们称作东方
坐地日行八万里

或许　我们身在北方
就经历了南方的位置
只是我们稍不留神
南方的那些信息
就不再是新闻

人在南方

在南方湿溽的季节
失约的草原让心狂跳不止
如一匹奔跑的白马的蹄音

好久没有这种感觉了
在一个小餐馆吃面
老板娘的叫卖声
如一种潮湿的乡音

疯长在草原的蒿草
让许多个夜晚失眠

人在南方　在梦境里
是谁摔出一个响鞭
然后消隐在
北疆辽远而坚韧的牧野

鄂尔多斯以西

蒙古民族的马蹄陷落在这里
鄂尔多斯以西
伊金霍洛草原阔大的苍穹
辉煌而又忧伤着
一个民族悠久的旅程

鄂尔多斯以西
勒勒车把蒙古长调
拉得比岁月更长
时间沉淀的苦难
被碾压成了一首悲怆的牧歌

草原已不再是长满青草的原野
丰美的水草　肥沃的牧野
今天只能虔诚地谈起
比先辈们的故事还要遥远

马奶酒　羊背子
依然哺育着蒙古民族的后裔
秋夜草原上隐约的篝火
不知还能不能点亮
我为鄂尔多斯以西
写下的诗篇

鄂尔多斯高原

沉睡着都是亲切的
我常常在梦境里遇见他们
一群奔跑的羊　催生了整个秋天
而我　总有一种冬天逼近的不安

那些微弱的草　静静地生长
沉默不语　像失去了母亲的孩子
总是期待着一次温暖而又毫无顾忌的拥抱
而我　总担心自己是一名局外人惊扰他们

古老而苍茫的已经不想再说什么了
命运就是无限的轮回　如果遗忘
能够带来吉祥如意　那么何必有乡愁
而我　又该如何寻觅那些遗落的记忆

沟沟壑壑被人为地慢慢填平
如埋葬那些已经腐烂的往事
祖先的苦难已经带走那么多无辜的云朵
而我　一生也就无所谓幸福抑或伤悲

回到鄂尔多斯

喝醉了都不用问路
母亲永远为我亮着一盏灯
两年前她在三〇一医院做过一次大手术
从手术室出来
我贴着她的脸喊了五百次妈　才把她叫醒
一醒来　她就关心我的工作　身体　睡眠
还有那些要活下去就必须处理的琐事
亦如小时候天天关心我有没有吃饱

见识长了不少　却没有了指点江山的自信
酒量丝毫不减　却没有了激扬文字的豪情
这么多年来　母亲从不问我
房子多大　车子多贵　钱够不够花
她更像一个手握偏方的老中医
发自内心地询问我的
血压　血脂　血糖　尿糖还有胆固醇
以及一切有关疾病和衰老的讯息

母亲说　小时候总感觉我们长得慢

可现在　总感觉我们老得快

我说　妈妈啊　我要快快地老

要老到和你看起来差不多一样的老

然后我们一起手挽着手

生火　做饭　养猫　和低头不语

鄂尔多斯的春天

我总是记得一些风沙
在三月里肆无忌惮地吹
我们低头行走　辨不清方向
泥土像滚滚河流　而我们都是失群的鱼

今年　我看到了一树桃花的青春期
它们的小花朵在春风里微微颤动
想说出内心隐藏了好久的小秘密
却一直羞于表达

回来的第二天　就突然来了一场春雪
洁白的比白银还耀眼
大雪融化了桃花所有的秘密
我想为它留住一些绚烂的细节
却很快消失在我犹豫的瞬间

春天比桃花还软弱
挡不住风沙　吹不散大雪
我们最大的渴望
只不过是想珍藏一段故土的花香

毛乌素的夜

毛乌素的夜总是动荡的
连天空的星星也常感不安

今夜　毛乌素的沙丘
又在孕育着一场残酷的风暴

不能把决堤的洪水阻挡
却把绿色的田野覆盖

在这个春天
到底有多少美好的事物
要在毛乌素滚动的风沙里喧响

高　原

把黑夜尽情地铺展开来
高原是头永远不想起来的狮子
它睡像结实
让我们在其身上任意走动

狮子的沉默让我们感动
落下的泪水让黑夜惊恐
最终被驯服的
是我们狂热升腾的内心

我真的有些忧郁了
以至于不想说出什么　哪怕将来

对于高原　任何一种比喻都是贴切的
它的颜色远比梦想辉煌和生动

说起草原

我们说起草原
不是天苍苍野茫茫
也不是
风吹草低见牛羊

我们说没有草的草原
我们说没有牛也没有羊的草原
我们说只有风没有雨的草原
我们说种植了苦难
失散了幸福的草原

我们说的是
梦幻的草原
流泪的草原

用手掌轻轻覆盖往事

用手掌轻轻地覆盖往事
这是我们对待生活的一贯姿势

住过的老房子像已经飘逝的爱情
摇曳的风中已听不到它的抱怨与忧伤

命运就是一个人独自经历一场寒冷
然后承受突如其来的幸福或者苦难

用手掌轻轻地覆盖往事
有些故事未必要在心灵深处埋藏

怀想乡村

乡村是我心中永远滞留的一个梦想
那黄泥巴的土墙　淡蓝色的炊烟
布满鹅卵石的小河
还有少年赤足走过的田埂
它们都还在老地方
在一个叫鄂尔多斯的老地方
在我心中一直珍藏的那个老地方
像我房间里的那些饰物
点缀我平淡而琐屑的生活
也点缀我平凡而简朴的生命

如今乡村对于自己真的是一个梦想了
喧闹的城市里再也没有人
能亲切地喊出自己的乳名
或者说城市是一个忌讳喊乳名的地方
连先生小姐也成了需要重新阐释的概念

城市是一个多么无聊而又充满诱惑的地方
美丽的面具和厚厚的铠甲
有时也躲不过恶箭伤人

城市讨厌得让人
总是有满足不完的想法

有时　真想再回到乡村
听那快速而有节奏的乡音
听雄鸡的报晓催醒每一个早晨
或者干脆骑在牛背上
走一走童年的旅程

春天的乡村

从冬天的梦呓中醒来
春天的乡村
在雨水和小草的暗恋中
睁开青春的眼睛

多情的小鸟
戏弄得桃花羞红了脸
杏花也白了
温柔的月亮正和它
脉脉传情
一切都开始涌动起来
十八岁妹妹的歌声
沉醉了
傍晚的风

故乡的河床

沿着故乡的河床
寻觅祖父留下的梦
任河水从双脚的指缝间
流向远方

祖父一辈子没有去过
故乡以外的地方
河水里流淌着
他数不尽的忧伤
祖父破碎的梦想
鹅卵石在诉说着永恒的希望

在故乡的河床
羊群没有忘记河流的创伤
和几代人经历的沧桑
在故乡的河床
祖父的血泪从父亲和我的梦想中
流向远方

割荞麦的母亲

将整个泥土亲切地覆盖
八月的荞麦地
在潮涨潮落的心绪中
散发出飘满浓香的日子
布满羊儿脚印的小河
在顽皮的孩子脚下
悠悠然归家
母亲割荞麦的声音
紧挽着黄昏的臂膀
浓郁的芳香沁入鼻孔
母亲就被饱满的颗粒感动
想起荞麦是如何
喂养大她瘦弱的儿子
又是怎样
在最寒冷的季节
将整个家快乐地温暖
从这个时候开始
荞麦皮就永远失眠在
母亲一生的枕下

黑岱沟戏台

春风低泣　黑沙粒吹打着脸庞
空旷的戏场子　只有我一个人孤寂地站立着
是来寻找青春的记忆吗
连昨日的梦也早已不复存在
好像一切都已无从谈起

望着杂草丛生的戏台
忆起当年台子上的叱咤风云
战旗烈烈　风花雪月
一个阎王无限风光地进去
一个帝王理直气壮地出来

一滴泪
就能流成滚滚长江
一棵树
就能开成万亩桃花
悲欢离合　喜怒哀乐
尽在刀光剑影之间
王侯将相　黎民苍生
尽在缠绵悱恻之中

下午　想行侠仗义

晚上　想享尽荣华

小小少年　让一场又一场小戏

拨弄得心神荡漾

欲罢不能

今天　戏台上是空荡荡的

整个戏场子是空荡荡的

连我们的整个人生都是空荡荡的

黑岱沟供销社

此刻　我伫立在你的面前
一切都是如此的破败不堪
我有点不敢面对　有点恐慌
亦如当年十几岁的少年
面对货架上琳琅满目的商品
总是不敢直视　却有无限的奢望

供销社　一个少年的自卑
被你无限的放大
你给了我所有有关物质的想象
甚至对整个世界的认知
都与你脱不了干系

快四十年了　再次回到你的面前
像孩子遗失了离家时所带的一切东西
既不敢在母亲面前放声哭泣
又不甘心那些东西的失去

供销社　一个场所　一个符号
你就这么消失了　消失在
岁月的疼痛里　消失在
人们终将消失的记忆中

黑岱沟卫生院

一切都坍塌了　连我小时候放碗的石板都找不到了
但父亲的脚步声好像还在
巷子里呼呼的风声非常像他的喘气声

父亲曾经由小中医变成了老中医
他喜欢在半夜里摆弄黄连　芍药　防风　桂枝
而我最关注的　是止咳糖浆
从药房里偷出一瓶正好可以喝上三天
如果让女同学尝上一口　就可能埋下爱情的种子

这次回来　我迈上一个小台阶都觉得步履迟缓
也难怪啊　我已经是一个秃顶的中年
父亲一生的头发也从未比我短过
父亲活着的时候就一再嘱咐我
心率不能快了　血压不能高了
尿不能太急　也不能太频
终于活到能把父亲的嘱咐作为人生的目标了
却越来越重视站立着小便的姿势

一切终归会转身离去　我再也不会回来了
在你即将被挖的面目全非之际（成为露天煤矿）

乡音亲切而温暖我们一生

阳光照耀的村庄
春天带给我们劳作　丰收
这些普通的词汇
在季节的风口
它们成为最朴素的乡音
花朵般次第开放

乡音　这高原沐浴下最纯朴的语言
因来自几千年漫长的孕育
而富有活力和弹性
那些不得不背井离乡的人们
就是靠乡音供养着精神

乡音　这漫过四季的河流
在什么时候都无需做过分的修饰
它早已切入高原人的灵魂
比任何事物都辉煌和永恒
乡音　阳光下晶莹的水滴
剔透明亮像种子
与古老的家园相伴
亲切而温暖我们一生

想念家乡

常常在城市的喧闹之余
想念家乡
更容易在水龙头前
想起高原上的旱井
和孤独的木桶
走在城市的大街上
家乡的风迎面吹来
此时所有的鸟
都栖息在城市的边缘

准格尔民歌

所有的不幸
都沉淀在你的河里
背负岁月遗失的季节
飘荡在黄土高坡的风沙里
粗犷的声音中刻满沧桑

准格尔民歌
流在准格尔人的血脉里
温暖整个身体
以最简朴的方式
亲切人民
孤独的牧羊人
面朝黄土背朝天的劳作者
在婉转悠扬的歌声里
忘记了一切苦难

准格尔可爱的妹子
因民歌而
温柔如水
大方如河

高粱和谷子
在民歌里疯长
乡亲们的希望
也在民歌里一节节拔高

你可以在准格尔民歌里
选择任何一种朴实的生存方式
一些简单而美好的事物
都会在你的心中
如期而至

冬天的准格尔

冬天的准格尔
白云飘走了他的梦想
雪花溶化了他的苦难

而我始终是准格尔的孩子
是把准格尔的荒凉与贫瘠
装进行囊
远走他乡的孩子
今冬　我将在异乡
记起准格尔稻谷溢香的日子

冬天的准格尔
随时可以把每一扇窗都打开
虽然不能以最快的速度抵达
却可以用内心的情感安慰

谈起今年的故乡

谈起今年的故乡
你说春天的风沙
说夏天的雨涝
说秋天的田野
张着干裂的嘴唇
欲哭无泪

哪能有泪水呢
炽热的天气把人体里
所有的液体都想风干
连一点泪水都留不住了
只能从多年的往事里
寻找丰沛的雨水
和茂盛的庄稼
去耕植来年的梦想

回北方去

回北方去　让隆隆的列车声
梳理我跳动不安的心绪

回北方去　在九月
在红高粱熟透的季节
倾倒在兄弟们粗犷的歌声中
沉醉在陈酿多年的烈酒里

在一路向南的风中
我们曾走失了什么
在南国缠绵的雨里
我们又能记得起什么
宁静的夜晚　我注目着
从北方携带来的
那些相伴已久的书籍
它们沉默不语　落满风尘
它们好像有话要说　却又欲言又止

回北方去　把最初的行李带上
躺在北方沟壑纵横的高原上

把梦想和情感尽情地挥霍

回北方去　和田地里的农夫

一起看雨后的彩虹

一起谈论少年时的爱情

马头琴

你的翅膀扑打着草浪
你的传说让牧羊的姑娘
幽会在草原的远巷
马尾毛缕成的歌唱
悠扬着一代代牧人的
欢乐与悲伤

穿行在你神奇的弓弦
听勒勒车碾过长长的草原
马头琴　你让色拉西想起
那木其勒那长有翅膀的白马
是怎样让东部和西部的草原
奏响一曲爱情的欢歌
马头琴　你是飘动的云彩旋转的风
你让古老的民族在思恋和遐想中
懂得自己是一首
能征服一切苦难的敕勒歌

在春天的边缘

在春天的边缘　我们热泪盈眶
那是冬末的疼痛和初春的兴奋
在深冬里和我们相依为命的行囊
有时居然会在我们的思想深处
闪现出亮光

在时光的流失中　我们走失了
最初的一些理想和信仰
但骨骼中的钙质却越来越多
并常常让我们的生命弥漫着芳香

在春天的边缘　我们扎下深深的根须
虽然我们的茎叶有时也会受伤
但灵魂依然保持着最初的模样

寒风吹过

寒风吹过　有多少事物
要留下一些无法察觉的隐秘和印痕
最大的悲痛
你承受得住却无法说出
最大的幸福
你享受不了也无法说清

寒风吹过
在这个城市　在这个夜晚
在这个城市冬天里的夜晚
在任何一个能够乘虚而入的地方
尽情地吹过　满世界都是
风瘦弱　坚毅　忧伤的影子

谁也说不清这个世界是如何的险恶
更说不清这个世界有多么的温暖
只是微微吹过的寒风
吹灭了内心已经燃烧的火焰

击碎了花前月下的誓言
毁灭了刚刚萌生的心愿

寒风吹过　不知它在指责
谁的过错　也不知谁的过错
让寒风吹过

想象一种亲切

想象一种亲切
它比水都柔软
比钢都坚硬
比演奏家手指上的音符都感人

想象一种亲切
它不需要伪饰
可以不顾虑回报
它像草尖上的露珠
无私地滋润后默默地消失

想象一种亲切
如果它在每一个人的身上发生
将会比阳光都鲜艳和亮丽

谁是一株草

谁是一株草
在风中摇曳着
大地上任何一个地方
都是它流浪的方向

也许是一朵浮云
在天空没有飘多久
就四处失散

而今我们就这么
生长着
随心所欲
却没有自由

坐在黑夜的深处

坐在黑夜的深处
听着女儿的鼾声
她的呼吸是那么的均匀
就像我此刻平静的心情

这让我想起多年以前
母亲坐在黑夜的深处
听着我的鼾声
想她春天的心事
和秋天的收成

生活的深处
母亲在岁月的步履中
老是等我回家的消息
而我在时光的流逝里
时刻谋划着女儿成长的轨迹

爷　　爷

“嘴里头有把曲口才
抠抠耳朵想起来
家住蒙家敖包嗒哈拉川
我名就叫张燕拴”

爷爷　你喜欢说顺口溜
正如你喜欢把苦难的生活
调和成一剂一剂的润滑油
润滑出子孙们顺畅的生活

新窑湾挂在你嘴上
小纳林沟记在你心里
蒙家敖包别在你腰上
苏计沟绑在你腿上
你把五公里的疆域
营造成天大的世界

小小的女儿

楚楚　小小的女儿
比一支菊花馨香
别在心口
高过我的梦想

读不懂的眼泪
在匆匆忙忙的路上怀想
家门口小小的啼哭
比歌又甜又亮

楚女和水

小小的楚女
戏弄柔柔的水
她不知道小河也有
最深的浅

点点蝌蚪
摔下大片长长的尾
拖着楚女的梦想
游向远远的海
楚女站在水中
水中站着楚女
楚女不是雨做的云
她是爸爸一颗
远走他乡的心

楚女是从妈妈的源头
流过爸爸的海
终有一天她将轻轻地远去
她知道那汪水里
也有最浅的深

楚楚做诗

周岁的女儿楚楚
是活灵活现的鸟儿
高高的烟囱她说是圆圆的碗
远远的太阳她说是小小的灯
光滑的肥皂扔进水里
她大声喊着妈妈
小小的鱼儿抓不住
把锁叫门
把门叫开
把杯叫水
把水叫喝
妈妈说不对不对
我说楚楚在做诗
你看她又把亲爱的爸爸
比做路边香甜可口的水蜜桃

楚女跑过草地

楚女跑过草地
草地上的小草和野花
在她的欢乐里嬉戏

楚女是风中的蚂蚱
在我的希望和幻想里
奔来跑去

楚女不知道自己的脚印
永远地留在了草地
她揪一把嫩绿绿的草
抛起来随风而去
她说：草怎么又回到了大地

给父母

父亲的听诊器上
镀了一层又一层温暖的光
他一直要告诉我　如何挺直腰板
走向有阳光的地方

母亲此生　带着疼痛的爱弥合生活的裂隙
她一直要教会我　如何更加贴近泥土
可我固执地驰骋为一匹孤傲的骏马
用倔强踏响大地　用真诚吞噬黑暗

许多个深夜里，我用小米酿制的酒
来思念那些颤抖　又锈迹斑斑的过往
生活的汪洋又是那么深不可测
哪怕一株草的命运
也会成为父母刺骨的疼痛和担忧

该需要怎样的淬炼和进化
此生我们才能有半个世纪的际遇
父母啊！就是为了这场际遇
你们不惜撕裂着自己

父亲的中药柜

父亲的中药柜　又落满了尘埃
那些曾被他拉进拉出的抽屉里
依旧装着酸枣仁　桔梗　麻黄　麦冬　苦菊……
父亲走后　我一直未曾触碰
就像一直不敢触碰他的疾病与死亡

父亲　一直用君臣佐使调和人生
可没有一剂药能够疏泄他的不幸和忧伤
药柜里的那些杏仁　桃仁……
曾被他无数次的破开　捣碎　煎熬
可依然难以平复他的病痛
如今　那些经年的草药
照旧盛满了　父亲的中药柜

母亲的病痛

刺痛像一条鱼　无数条鱼
穿越你的皮肤
整个夜晚　瘙痒成为不能入眠的唯一理由

妈妈　是不是因为我的鼾声
惊动了你身体里的病毒　让这么多的疼痛
肆机漫过河床……

多少更好的时光就这样被辜负
离别多于欢聚
不如今夜　陪你至黎明
含泪笑看这满眼落尽繁华的人间

英英　回来了

英英　回来了
敲开薛家湾丽泰小区6号楼1单元202房
每一次　我都是先听到这句话
妈妈　我的乳名在你常年的呼唤中
慢慢变得苍老　在与死神搏斗的岁月中
你时时在渴盼着我的归期

英英　不行了我会告诉你
这句话　成了你最后岁月里
反复的叮咛　连寒风都能预料到
我们的日子即将破碎
妈妈　这是多么悲伤的一件事啊
2020年9月24日深夜
我跑下已经登上的飞机　重新购买机票……
最终急促地扑向你的床头
可你吸着氧气　双目紧闭
妈妈呀　不行了我会告诉你
成了此生唯一没有给儿子兑现的承诺

妈妈　今夜我在商都
你曾数十次的问起过我在不在商都
现在　儿子就在你问起过的这个商都
窗外的大地上白雪茫茫　寒冬已至
我想为你送一件棉袄　泪水的河流
会载着离愁的船　穿越黑夜　穿越草原
为你送上这个深冬的第一份温暖

妈妈　想你了　我心里就会默诵
新窑湾的山坡　小纳林沟的溪水
蒙家敖包的炊烟　塔哈拉川的石头
还有你说的那句　英英　回来了

2020年10月5日　夜

唢呐声幻醒了一条红纱巾的梦
我想跟在妈妈身后　把路上的小石子
踢到她的身上　然后她一生气
就会一巴掌把我打回到童年

再响亮也是沉闷的　这鼓声
会把深秋的冷风震裂出无数条缝隙吗
我想钻进去　经历这寒冷
妈妈　你会一下子把我抓出来
用一件崭新的皮袄
罩住我少年的狂热

妈妈　今夜　你的亲人
共同呼唤你的灵魂归来
其实　你一直未曾离开
妈妈　我说的对吧
上庙的路途上点亮了数不清的灯盏
那是你归途中的光明与温暖
妈妈　今夜　我将用泪水抑制悲伤
所谓死别也必然蕴育着来生的相聚

妈妈回来　我知道你
一定能听到这一声声悲泣的呼喊
如果是这样　你就安然地启程吧
一路上没有风雨　了无牵挂

我回来了　你不在了

六月的山坡上长满了青草
我满山坡追逐那只跑得最快的黑山羊
爷爷用放羊铲撅起一块小石头
正好砸在我的屁股上
他扯着嗓子大喊：羊身上的肉掉了
你身上的肉就长不起来了
那一年　我五岁
整天穿着姐姐穿过的大红裤衩
跟着羊群一直看到升起的月亮

六岁　我跟着父亲到了一个小镇
就再也没有跟着羊群
一直看到升起的月亮了
爷爷说：等九月你回来
羊身上的肉就长在你身上了

每一年的春天　爷爷都会对我说：
等九月你回来了
羊身上的肉就长在你身上了
一直说到我二十八岁

之后　爷爷就长眠在他放了一辈子羊的山坡上
如今　山坡上的草越长越高
越长越绿
爷爷却不在了　爷爷放牧的羊群也不在了
每一年的清明　我都要在爷爷的墓碑前默念一句：
爷爷啊　我回来了　你不在了
满山坡吃草的羊群也不在了

三十岁　我坐在一列疾驰的火车上一路南下
离家时未满六十岁的父亲为我打包行囊
我今生第一次看见了他眼里满含泪花
也听到了他一生中最有诗意的几句话
挡住你的脚步　挡不住你的梦想
别忘了每年的九月回来看一看你慢慢变老的爹和娘
但好男儿别把出生地当故乡

每一年的春天或者秋天
我都要回到故乡看一看慢慢变老的爹和娘
父亲总是那句话
好男儿别把出生地当故乡

四十岁　我的父亲说走就走了

长眠在爷爷放了一辈子羊的山坡上
如今　山坡上的草越长越高
越长越绿
父亲却不在了　父亲说的故乡也不在了
每一年的清明　我都要在父亲的墓碑前默念一句：
父亲啊　我回来了　你不在了
你不在了　儿子的故乡就不在了

我坐在飞机上的时候母亲在做什么

我不止一千次地坐在飞机上
飞越大江南北
那个时候我特别地想知道
我坐在飞机上的时候
母亲在做什么

小时候曾在黑岱沟小学上学
那时的我几乎天天都在想
我上课的时候母亲在做什么
其实那时不用猜也能想到
我上课的时候母亲肯定是
为我们兄弟姐妹们准备午饭

午饭像固定的格式排列一样
必然是土豆　白菜和小米饭
因此我经常会有一种冲动和奢望
奢望午饭能吃上一个水煮鸡蛋
但这个奢望一次又一次地落空
像母亲把少女的梦想
一次又一次地落空

今夜　我在成都
刚刚吃完火辣辣的川味火锅
打开电脑　想写一首诗
便不由自主地想
在我打开电脑的时候
母亲在做什么

现在　我有点小小的强迫症
经常会想
我坐在飞机上的时候母亲在做什么
我打开电脑的时候母亲在做什么
我在讲课的时候母亲在做什么
我在和朋友们侃侃而谈的时候母亲在做什么
我把一碗汤喝完的时候母亲在做什么
……
我想　母亲会不会是
刚把五颜六色的药粒吃进嘴里
或者　自己刚刚测量完血压
弯着腰把血压计放到了柜子里

我想　此刻

就在我写完这首小诗的时候
年迈的母亲正在小心翼翼地
呵护着她刚刚做完手术的刀口
就像她年轻时
小心翼翼地呵护着儿女们的梦想

看到故乡下雪了

手指一推　朋友圈里
都是漫天飞舞的雪花
故乡下雪了
熟悉的　缓慢的
像十二岁时某个寒冬的午后
雪花落在我的皮袄上　厚厚的

而此刻　广州正飘着绵绵细雨
我在书房看书
客厅里有女儿走动的声响
她在英国求学快五年了
现在回来了　此刻她就近在眼前
但我还是不知道
她会不会去怀念一场雪
和怀念她六岁时离开的故乡
亦如若干年后
她会不会去怀念一场南国的雨
和怀念我们一起度过的时光
此刻　我是多么的想安顿一下缤纷的生活
静看雪飘　细听雨落

生活有多甜蜜就让它有多甜蜜

有多荒唐就让它有多荒唐

终有一天　我们必将归去

既不用活在回忆里

也不用活在憧憬里

不再匆匆地赶路

也不再期待下一个轮回

消失得如故乡的雪　广州的雨

想起冬天的雪

天气很热　这是南方的冬天
这样的天气总让我们这些
祖籍北方的人
想起冬天的雪
和雪地里奔跑的孩子

其实南方的冬天也有落雪的时候
只不过雪落在你的心上
也落在你的魂里
就是不落在地上

在异乡怎能看到故乡的景致呢
在气候温和的冬季里
许多人把自己最想说的话
都变成了内心深深的隐秘

生命的吟唱

我是不是从一首苦难的歌声中
带着幸福走来的
或者在某个夜晚的风中
某个黎明的雨中
满含着痛苦降临的
不然　我的生命为何总要
发出那么多美丽而又忧伤的声音

在一九六八年的冬天来临之前
我仿佛看到了母亲那苍白而甜蜜的面容
和父亲粗壮有力的大手
是她们让深秋暖融融的阳光
照耀了我最初的生命

在一九九八年的冬天来临之前
我在母亲潸然而下的泪水中离去
在父亲深情的目光中远行
从此　故乡田野里清脆的鸟鸣
和村庄上缭绕的炊烟
让我在南方的雨季里疼痛地失眠

在大地上嘹亮地成长
在风雨中尽情地沐浴
其实我只不过是一颗随意飘零的种子
飘落在哪里
哪里就是故乡

我一直以一颗温暖的心
在冷风凄雨中不停地行进着
在遥远的路途上
我也曾点燃过一盏盏孤寂的灯
也曾有人在深不可测的黑暗中
为我点亮生日的蜡烛
并喊出亲切的乳名

任何一个能够栖居的地方
都是生命的天堂
只要能让生命放射出灿烂的光芒
异乡又何尝不是故乡

夜　晚

夜晚是透明的
所有黑暗的事物都躲避起来
但你还是一不小心
触痛了最隐秘的伤口

所有花朵正灿烂地开放
你在青春的激荡中
拒绝了久违的芬芳
那些绚丽的往事
已在记忆里永久地珍藏

夜晚是纯净的
黑暗中那些晶莹的事物
从来不会
在我们心灵的花园
枯萎或者死亡

这个夜晚的城市

这个夜晚的城市
在暖风里有些失态
它丢掉了内衣上的
三颗白色纽扣
它的胸怀
对谁都是敞开的

这个夜晚的城市
到处都有喝白酒　红酒或者啤酒的人
闪烁的霓虹灯
揭不开酒吧里的阴谋
大街上的行人线
只不过是一种
含蓄的暗示

糊涂并不是一件
难得的事
这个夜晚的城市
有多少谎言
是顺理成章的
而多少真话
反倒变得
言不由衷

大街上的酒馆

大街上的酒馆
从不午休的酒馆
常常在深夜里失眠的酒馆
许多人斯斯文文地进来
再跌跌撞撞地出去

城市是个加压器
酒馆是个出气筒
喝酒的人像一只
捏在醉汉手中的杯子
在变幻莫测的尘世里
不由自主地
东倒西歪

大街上的酒馆
喝醉了喝酒的人
喝酒的人
喝醒了大街上的酒馆

在黄昏里

两个孩子　在黄昏里
不知天高地远
太阳降落的多么快啊
他们不知道
也不懂得
只管在太阳落下去的地方
毫无顾忌地生长着

两个老人　在黄昏里
影子消失得比太阳还快
他们知道
天离自己很近
地离自己很远
太阳升起的地方
是他们长跑的终点

一个人和烛光对话

你常常是一个人
在深夜里
和烛光对话
你看到了自己的内心
闪耀着思想的光芒
连隐痛的孤独
也暴露出来了
你成为黑暗中最幸福
而又伤心的那个人

有一朵花开在
你的书架上或者床头上
它以无比灿烂的颜色
和诱人的芬芳
陶醉了深夜里的风

一个人和烛光对话
在深夜里
你到底隐藏了多少
原本想说出但最终又
没有说出的话

停　止

冬天停止在春天的边缘
黑夜停止在黎明的前沿
那么　真理呢？
为什么那么多准备坚持真理的人
把想从心里说出来的话停止在了嘴边？

我对自己只能略知一二

当年　我出生的那一瞬间
气道不畅　我父亲用他粗大的手掌
在我稚嫩的后背上
猛猛地拍了两巴掌
我哇的一声哭了　证明是活的
这是我长大后母亲告诉我的
母亲会把所有关于我的记忆
用故事表达出来
但对幼年的自己　我也只能
略知一二

小时候很想和玩伴打架
可人家的小拳头一举起来
我就不由自主地退缩
我不明白自己为何如此地害怕
对自己胆怯的童年　我也只能
略知一二
终于长大了　我发现
有人在违背良心　阳奉阴违
而我却总是不由自主地说出真话

成年以后还如此地单纯
对中年的自己　我也只能
略知一二

我知道自己终归会老去
自己人生的格局还谈不上
功过是非　任人评说
但最熟悉的人总会说一些　总会评一些
他们会说什么　评什么
对老若幼童的自己　我也只能
略知一二

我每时每刻都在精心的
照护着自己的肉体　呵护着自己的灵魂
可对熟悉自己　我也只能
略知一二

只有我一个人

在拥挤的人群中
我突然发现
只有我一个人看不见自己的亲人

他们都已把我遗忘得太久
我强大的以至于没有可以牵到的手
我柔软的以至于无法被亲人们抱走

我在人群中放声大哭
却没有一个人出来劝阻
我想和他们说话
可没有一个人和我应答

他们　这些我曾经熟悉的同类
因为习惯于装聋作哑
在此刻　已经真的
既听不到声音也说不出话
我看到了低头的麻雀
游动的鱼
能感觉到它们想给我温暖和抚慰

可我真的看不懂它们的目光
听不懂它们的话
正如在拥挤的人群中
我突然发现
看不见了自己的亲人

你对生活诉说过吗

你对生活诉说过人生的苦吗
它的冷静总是让你无比的惆怅和忧伤

你对生活诉说过人生的幸福吗
它的温情远比你想象的炽烈

我们总是一再地质问生活
什么能把幸福毁灭
什么能把苦难封存
可生活对所有的质问
都是一笑而过

生活从来都是羞于表达的
它既不会告诉你如何在苦难中寻觅幸福
也不会告诉你如何在幸福中逃避苦难

生活只是留不住的时光
躲不开的伤痛
它如一位老者从口中吐出的烟圈
缥缈且悠长

一地青草抑或一地荒草

有一天　我说走就走了
来不及留恋　更来不及告别
人们所能看到的
只不过是一地青草
抑或一地荒草

青草的青色
那正是我曾经的梦幻
它比月光还羞涩　比春雨还含蓄

荒草的金色
那正是我曾经的沧桑
它比黄昏还悲凉　比远山还孤独

其实我只是一地青草里的
那一株　刚刚吐出嫩芽的那一株
我只是一地荒草里的
那一株　刚刚被踩踏的那一株
我消失的比我想象的要快
比你想象的更快

一年又一年
总是一地又一地的青草
总是一地又一地的荒草
人们早已适应了春去冬来
亦如早已习惯了生死轮回

生命若如此
我们就该是大地上彼此依偎的一株草
要么无所顾忌地疯长
要么平静地燃烧成灰

窗外的雪景

列车上小小的房子
和远处的村庄一样温暖
窗外飞舞的雪花
突然让我的内心辽阔起来
那些清清浅浅的日子
在温煦的阳光下幸福地呈现

如果一场大雪是一次纵情的倾诉
那么　一片雪花就是一声羞涩的问候
在这洁白纯净的大地上
我喜欢自己　喜欢自己落满雪花的背影

遇见乌拉盖

不要说辽阔与空旷
乌拉盖的碧绿与湛蓝让我们屏住了呼吸

一切都安静下来了
连草尖上的每一滴露珠都在蓄积着力量

一堆牛粪火能照亮所有的漂泊与归途吗
所谓人生　不过是一杯马奶酒的哲学

乌拉盖　突然想奔跑起来
犹如一匹无缰的白马　仰天长啸

乌拉盖　低垂的云朵
想伏下身子唤醒整个草原　而河流止语

九曲湾

九曲湾是一条银河
蜿蜒的河水金光闪闪
散落的羊群　移动的马队
还有老阿妈温情的呼唤
所有的惊艳与梦幻都倾泻而下
这最美的景致仿佛是从天堂陨落人间

乌拉盖　一碧万里
这摇篮里摇出的
是湖泊　湿地　芦苇　白桦林
丹顶鹤　天鹅　大雁
油菜花　芍药花
还有沁入心肺的奶茶香

如此广袤的草原啊
到处有悠扬的歌声回荡
仿佛穿越了几个世纪的时空
在这里毫无顾忌地醉入梦乡

酒醉我　我醉草原

身体依然是身体
心灵依然是心灵
既然火焰热衷于在温柔的水里
来一场纵情的燃烧
那么就用沉醉来答应吧

七尺男儿开始妩媚
娇柔女子开始豪迈
不再问时间的河流有多长
不再想人生的路上泪流几行
只愿躺在草地上与星空一起苍茫

酒喝干再斟满
今夜不醉不还
酒歌嘹亮和悠扬得连星星都不语了
连湖水都不语了
连整个草原都不语了

酒醉我　我醉草原

草原醉我　我醉酒

这是多么简约的返璞归真的方式

这一瞬间　我们就扼住了

尘世间的爱恨情仇　悲欢离合

珠江帝景紫龙府

珠江帝景紫龙府
这个小区的名字
比我年少时酒后吐出的狂言
还要霸气

这个紧临广州塔的小区
据说居住着一些精英和富豪
可我居住许多年了
除了知道有东西两道门
除了早已熟悉的老婆和女儿
还没有认识过别的人
碰到的邻居们尽管表情各异
但他们好像都笼罩着一样的情绪

那些邻居们是不是和我一样
被时间切割着期望
被岁月吞噬着梦想
然而大家都会齐心协力地营造出
互不相干的希望

房卡只能上到自己住的那一层
车子只能停到固定的车位上
无数的规矩让我们礼貌得有些身不由己
可我是一名乡愁的携带者
我多么渴望在小区的游泳池边
能看到尽情饮水的马匹

2020年的春天

2020年的春天
长江流淌　樱花未开
蔓延的疫情
让人猝不及防
有阳光似乎也感觉不到
天空的晴朗

武汉从未孤单
人心不曾冷漠
世界瞬间聚焦
武汉　武汉
湖北　湖北
中国　中国
疫情波动的节奏
天天报出的数据
让焦急的人们
间歇性地欣喜
难以抑制地悲伤

山川异域　日月同天
所有的人都要主动成为战士
白衣天使率先出征
防护服挡不住他们刚毅的背影
各路管理者缜密运筹
筑起消灭疫情的铜墙铁壁
志愿者主动请缨
留下了一个一个美名
勠力同心换取共同的安宁
人间大爱化做了生命的甘霖

华侨捐助的物资飞越了天空
友国的支援跨过了海洋
国内众多援助者那无私的爱
仿佛是清泉
一股一股地流淌
善良的中国
人们都在用沸腾的内心
把期盼和祝福吟唱

自在的生活
已经开始展现曙光
我们该怎样记住
这个春天的磨难与创伤
每个人的回答
一定要清澈透亮

春之殇

这个春天
要安上起搏器才能启动

口罩罩不住人们的良知
消毒水杀不死灵魂里的病毒
隔离　只是让我们冷静地思考
人到底该如何在大自然里栖息

贪婪酿造的苦酒
必然会浸泡出浓妆艳抹的谎言
如果孤傲的人没有自醒
还会继续与魔鬼在一起狂欢

这个春天
是安静又沉默的爱与哀伤

不一样的春天

雷声掩藏了暴雨
喜鹊戏弄了麻雀

樱花艳不过桃花
大雪盖不住江河

猎物击倒了猎人
大地拥抱了孩子

不期盼丰收的喜悦
只渴望善良的复苏

多么胆怯　这个春天

多么胆怯　这个春天
那么亲近的人
也在为我们制造孤单

有多少流言蜚语
让发烧的沉默
一一击穿

这个春天　我们被病毒驯服
每一棵独自生长的树
都爆发出积蕴了许久的愤怒

笑脸　是那么的牵强
每一滴盈满眼眶的泪
都需要用血肉铸成

告别　没有任何仪式
已经没有一个词
能形容生离死别的伤痛

这个春天　花期都没有迟到
可活着的我们
却感受到了从未有过的颤栗

走了的人　只能在孤寂的夜风中
独自穿行　没有背影
更看不到泪痕

这个春天　云朵是愈加苍白的
任何悦耳的歌唱
都沸腾不了固执的河流

这个春天　别想有什么丰碑
胆怯的我们
其实一直在来路上徘徊

隔　离

厚厚的铠甲　连阳光
也开始恐惧
一声咳嗽
就可以毫不留情地
把你击倒

缓慢的变异　连空气
都不会把握自己的节奏
一粒微尘
就可以漫不经心地
把你擦伤

隔离　隔离
这是个意外的词汇
隔离的躯体
想删除载不动的灵魂
堕落的寂寞
空荡荡的孤独
你该怎样回到这
欢喜的人间

歌唱者是听不见自己歌唱的

连呼吸都是经过专门训练的
音乐响起　歌唱者的旋律
如岩浆奔腾　那悬崖的美

每一个歌唱者都彼此陌生
那滚烫的音符　如寒光般的冷

歌唱者是听不见自己歌唱的
明澈的朗月比空寂的夜还孤独

连卸妆都必须是统一的节奏
戛然而止　歌唱者的步调
如驯服的野马　胆怯的傲

这个春天的意象

口罩　护目镜　防护服
这些白色的意象　是这个春天的
主色调　新冠肺炎
一个新的病名
就这么重重地落在
一张薄薄的病历纸上

蛰伏的病毒
隐匿了这个春天的秘密
人们在生命的拐角处
抚慰猝不及防的伤痛
而你　在殉道者的光影里
注目着死亡

居家　隔离　封城
生活露出了忧郁的眼神
悲伤的牙齿
撕碎春意盎然的梦境
无限的真相
你用生命接近

泛滥的声音
掩盖了这个春天的光芒
亲情在绝望中发酵
命运在死亡的边缘流连
而你　在沉静笃定中
回应重疾者的呼喊

在你们身上

口罩　咽回了话语
护目镜　克制了眼泪
体温计　失去了敏感
消毒水　抑制了悲伤
防护服　阻隔了冷漠
这一切的白　通透　明亮
如春天里寂静的雪
沉默　融化

红手印

殷红的　鲜亮的
红手印　是可爱的孩子们
默默发出的誓言
是没有经过刻意雕琢的
温暖　弥漫人间

其实你们也没有长大
妈妈手心里的宝
偶尔在亲人的微信群里
讨要个红包
或者在朋友圈
扮个仙女卖个萌
我多想你们一直是天真的
永葆一颗童心
何必一路风尘

潜伏的病毒
瞬间让你们长大
透过护目镜
让你们看清了悲欢离合

身穿防护服
让你们体验了世间冷暖
口罩后面的嘴
也知道了最想说出什么

樱花开了
该是你们回来的季节
那时　别忘了告诉人们
妈妈一直喊过你们的　乳名

我相信他们就是牺牲的战士

如果年迈的父母是望着孩子们的背影
克制了溢满胸膛的担忧
如果年幼的孩子是在自己的泪水中
启蒙了生死未卜的离愁
那么　有一天他们倒下了
请不要叫死亡
也不要称去世
有幸活着的人
应该给他们一个更加神圣的命名

他们何曾惧怕死亡
但死亡不足以承载逆行者的担当
他们何曾担心去世
但去世不足以寄托对无私无畏者的敬仰
山河共泣　日月同悲
战士倒在了战场
那就是神圣的牺牲

展现吧

展现你的肆无忌惮，展现你的忍辱负重
展现你的凛然正气，展现你的忐忑不安

展现你的落井下石，展现你的雪中送炭
展现你的身不由己，展现你的八面圆通

展现你的深谋远虑，展现你的言不由衷
展现你的慷慨激昂，展现你的愤世嫉俗

展现你的从容自若，展现你的诚惶诚恐
展现你的运筹帷幄，展现你的飞短流长

展现你的光芒万丈，展现你的一败涂地
展现你的移花接木，展现你的固若金汤

用一个成语，用一个词组
用一个字，展现吧
展现你的，一腔悲愤
一脸喜悦，一生风雨
一世沧桑

从北向南（第二版）

ZHUZUO XUYAN JUAN

著作序言卷

43年及10年

我活着。我梦想。我行走。我感悟。我表达。我热爱。

43年了，我就这么一直活着。读书、写作、演讲、从事医院管理，这几乎是我生活的全部，激情、理想、行走、表达，这些词汇构成了我青春的主旋律。曾经有过的满足、收获、困惑、忍耐甚至是苦涩，共同凝结成了我43年异彩纷呈的生活。我非常渴望能够用内心的声音向所有的人静静地说出：活着是多么美好！

贫穷而单调的童年在鄂尔多斯高原上肆无忌惮地度过。曾在父母的怀抱里，在与姐姐、弟弟、妹妹的嬉闹里感受亲情的无私与温暖；曾在故乡粗犷的大地上喊出青春的梦想；曾在黄土高原上演绎美丽的爱情，并和妻子、女儿快乐地生活；曾为了理想一路向南，在中国的南海边书写豪情的篇章；曾为了抱负，在流光溢彩的城市里苦思冥想锁定自己的人生方向。43年里，行走了太多的路程，经历了太多的变迁，获得了太多的生命感悟。被人欣赏的幸福、欣赏别人的快乐、家人的牵挂、告别家乡的悲壮、与亲人生离死别的凄凉、与同事相处的默契、和朋友相交的豪放、自己创业的满足，点点滴滴的生活让我领悟到生活是让我们用来品味的，而不是抱怨甚至是践踏的，慢慢地不再去想什么所谓的财富与成功，慢慢地懂得了在平平淡淡中渐渐衰老才是真实与永恒。因为经历了，我的内心才变得更加宁静祥和，更加理解包容。我才深切地感受到自己时时刻刻被爱包围，被幸福包围。

有人说过,当一个人常常开始怀旧的时候，说明他已经老了。而我好像遗传里就带有一种怀旧的情结，这种情结很可能是从幼年开始的，一直伴随着我的整个青春时代，而到今天则愈来愈浓烈。我想童年和故乡对任何人来说都是生命中最纯真的记忆，是生命中最纯净的一块精神领土。一个人很可能会忘记某些欢乐和悲伤，但一定无法忘记自己的童年和故乡。我们的祖上是在清光绪九年（1883）前后从山西省河曲县走西口来到内蒙古鄂尔多斯准格尔旗的，先辈们世代务农，到了父辈这一代，父亲成为乡村医生，且是半农半医。即使父亲后来成为乡镇卫生院的院长，我们的家境仍不宽裕，这从我20多岁时所写作的诗歌中可以反映出：

父亲的汗珠
在石头上滚落成
一枚一枚的硬币
自然而然
去装扮妹妹七月的花衫

摘自《父亲正与石头对话》（1990年创作）

父亲既要承担农活，又要为人治病，无论是地里的活，还是当医生，他都做得非常认真。我很小的时候半夜起来方便，总是看到父亲在台灯下钻研中医经典。父亲半夜里被病人的家属叫醒，步行十几里山路去看病，更是习以为常。在我的记忆中，父亲在世时话并不多，但他对人尤其是病人特别和蔼，深得病人的信任和厚爱。我的母亲是一名纯粹的家庭妇女，她一生最大的功绩就是默默地承担了家务和抚养了四个孩子，通过言传身教给了孩子们无私的爱和诚实善良的品格。这么多年来，父母面对生活的坚韧、淡定、从容就是我的旗帜和信仰。在人生的道路上遇到再大的困难和坎坷，只要想起父母，感觉所有的困难都不再是困难。40岁以后，不管工作有多忙，每年我都会回一次故乡，看看亲人、朋友和故乡的一草一木，每一次回故乡我都觉得是一次精神的回归与灵魂的濯洗，因为童年和故乡永远是我的精神家园和灵魂故里。我曾在一首诗中这样写道：

家园　我古老而憨厚的家园
我们用一生的智慧默守
所有圣洁的故事
孱弱的母亲用弯曲的拐杖
为我们树起信仰的旗帜

摘自《默守家园》（1993年创作）

而那个生我的叫做新窑湾的村子永远消失了。因为大规模地建设露天煤矿，我们的村庄已经成为了一个排灰场，过去那个美丽而苍凉的村庄永远被覆盖在了灰渣里。即使是我小时候曾经去过的附近乡村现在也是了无生气，能感受到的只有富裕之后的凄凉，不再纯净的天空，也少了温情袅袅的炊烟。在经历、体味、感受了城市的繁华、热闹之后，我曾试图再回到故乡，回到儿时嬉闹的小河旁，但这一切只能在想象中了。

法国大文豪雨果在《悲惨世界》中说：“城市使人变得凶残，因为它使人堕落。” 城市是永远无法让我们安放灵魂的。我曾在一首诗中这样感受城市：

城市是一个多么无聊而又充满诱惑的地方
美丽的面具和厚厚的铠甲
有时也躲不过恶箭伤身
城市讨厌得让人
总有满足不完的想法

摘自《怀想乡村》（2003年创作）

从北到南以及在全国各地到处行走的生活使我对生活、对生命有了许多的理解和感悟，彻悟了短暂的生命过程中我们必须过得如烟花般灿烂，虽然短暂，但一定要美丽而耀眼。

一朵花到底能开在哪里
或许它已在短暂的春天和我们的寻觅中
悄无声息地凋谢或者枯萎

摘自《春天的花开在哪里》（2000年创作）

如诗所述，一个人生命之短促甚至是来不及怀想什么，特别是40岁之后，我感觉时间过得飞快，有一种生命和幸福转瞬即逝的仓促感。

我忽然感觉生命有些急促
脉管里不再有青春奔跑的声音
此时特别想追赶点什么
可幸福比我们跑得更快
它一不小心
触痛了岁月的神经

摘自《幸福比我们跑得更快》（2010年创作）

美国作家威廉·福克纳说：“诗人和作家的荣耀就在于振奋人心，鼓舞人的勇气、荣誉、希望、尊严、同情、怜悯和牺牲精神，这正是人类往昔的荣耀，也是人类永垂不朽的根源。”所以，我一直认为做咨询顾问和培训师是需要诗人气质的，他应该充满活力、热情、给人以希望、具有悲天悯人的情怀、勇于承担的责任。当然，他也可能太重感情、敏感、容易被感动。经历了在多家医院从事管理工作后，我几乎是很顺其自然地成为了一名医院管理顾问和培训师，我感觉到自己真的很幸运，我能够走遍全国的每一个省市及自治区，接触数千家医院的院长和管理者，几百家医院的医务人员，从他们身上，我学到了质朴、涵养、坚韧、包容、执著等许多东西，这些是在书本上永远也无法学到的，恐怕也是难以感悟到的。

从事医院管理咨询与培训10年，是我人生中的黄金季节，也是最美好的时光。最值得自豪和骄傲的是10年中我在祖国的天空和大地上行走了100万公里。当我向朋友们说“我深爱着脚下这片土地和土地上生活的人们”时，我还要补上一句“我说的是真的”。为什么呢？因为怕他们说我虚伪或矫情。但我相信任何一个人有了这种经历，他都会与我有同样的感受。

10年来，我曾在辽阔的锡林郭勒草原饮酒放歌；在遥远的新疆穿越茫茫戈壁；在青海听塔尔寺的钟声；在林海雪原瞭望苍茫大地；在西安感受十三朝古都的深厚底蕴；在北京赏春天的桃花；在澜沧江畔体味“东方多瑙河”；在武当山下谈古论今；在江南漫步中国最美丽乡村；真情感受好客山东；在革命老区重温“星星之火”；在三峡领略“唯见长江天际流”的神采；在四川感受巴蜀大地的柔媚秀丽；还有三亚、青岛、大连的涛声让人难以忘怀。当然，还曾与妻子、女儿携手观赏瑞士阿尔卑斯山的雪景，感受法国巴黎的浪漫，在莱茵河畔品味什么才是真正的古典；欣赏曾在课本里读到就羡慕不已的威尼斯水城。所有这些，都点缀了我多彩的生命，描绘了我浪漫的人生。

咨询生活是一直在路上的生活。10年来，原本陌生的许多院长、医院管理者和医务人员因为医院管理这个缘最终成了无话不谈的朋友和知己。尤其是那些有着强烈事业心的院长们在现在的大环境下，他们的内心充满了矛盾与挣扎、向往与困惑，我亲眼目睹了他们在推进医院改革过程中的艰辛、坎坷，有时甚至是无奈。而我，更多时候是以朋友的身份，为他们分担，同时分享那一点点的进步和收获。这10年，我在一点点地进步和成长，期间朋友们给予了许多的理解、包容、支持与鼓励。对此，我无需说得太多，我会用一如既往的行动证明：只要活着，就会在这条路上继续前行。

很多人喜欢描绘未来，但我觉得成年的我们更应该看重今天，因为只有今天才是真实的，就在我们眼前。愿我和我的朋友们每一个今天都是快乐的！幸福的！

（本文为《医院管理咨询10年案例选》所写的自序，2011年2月由广东人民出版社出版）

生命的脆弱与诗歌的温暖

时间的尘埃总是想方设法在我们的记忆上堆积。但堆积在那些美好的或者刻骨铭心的记忆上的尘埃，总是被我们的情感轻轻地拭去。也许因为情感的呵护，这些记忆上从来就未曾落过尘埃。在我们生命的长河中，有些记忆随着岁月的流逝并不是越来越模糊，而是越来越深刻。我想诗歌所要表达的正是那些未曾落过尘埃的记忆，或者是被我们精心呵护过的情感。幸福也好，苦难也罢，都是人生中值得珍藏的风景和颜色。

读书和写作开始的时候是由于成长的需要，后来逐渐成为精神寄托，而现在已经成为生命中最重要的组成部分，这样可以让脆弱的生命坚实起来，生动起来。所以，我一直在不停地写着，除了文学作品以外，还有大量的学术著作。我想，写作无论对于追忆过去，还是展望未来，都是最好的方式，也是温暖生命，温暖世界的最好方式。

对于脆弱的生命我有一种说不出的痛，从北到南的迁徙和成长的经历，使我对普通生命有着更深的感知。我这里所说的普通生命与一个人的贫富无关，与一个人的地位无关。我想说的单从某个生命个体来说，不管他是如何荣耀尊贵，也不管他是如何卑微低贱，从人生的本质和最终的结局来说都是悲悯的。正如博尔赫斯所言：“依我看，生命、世界是一个噩梦，但我无法逃避它，我依然梦着它。”既然这样，不管生活多么艰辛，世界多么无奈，我们都应当用真实的心灵去面对苦难的人生，用经历风雨后见彩虹的执著去追寻梦境里瞬间的真实。

帕斯卡尔曾经用芦苇比喻生命脆弱的人类。其实，人的生命远比芦苇脆弱得多。正是因为这种脆弱，才让我们追寻心灵的永恒，追寻诗歌所表达的对生命的感动。我曾经在高原的阳光下，和挺直的白杨一起毫无顾忌地成长；曾在深邃的大海边，和拍岸的涛声一同谛听生命的足音；也曾在灯红酒绿的都市里，随同流泻的车光一起寻找回家的方向。所有的这一切，都在让自己脆弱的生命鲜活地穿越激扬飞舞的梦境，从中体验流水的轻盈，森林的馥郁，高山的豁达，都市的宽容。我想这种自由和自在才是生命最真实的境界，才是生命至高至美的生存状态。

雅斯贝斯说过，只有独立思考的人才会充满不安和焦虑。依这种观点，悲天悯人就应该是诗人的天性。而诗歌写作为诗人进行独立思考提供了一种最好的途径。人类征服自然，战胜自己的力量绝不是来自于外界的物质力量，而是来自于心灵的力量，诗歌可以直指人类心灵最隐秘、最隐痛之处，这种赤裸裸的直指不是伤害，反而是一种切肤的温暖，是一种直入心灵的关怀。

琐碎而平庸的生活让自己不想也不愿去触摸生命的疼痛、岁月的泪痕，还有那些逝去的伤感。但面对诗歌，我会有一种源自内心的最真实的感动，因为诗歌真正引领我走向了纯粹而透明的心灵世界，引领我体验到了生命那瞬间的辉煌与激情。我是一粒微小的砂石，没有谁会有意地把我踩疼，更不会有人专注地把我拾起，但我一直在用真诚的目光注视着那些在生命丛林中匆忙奔跑的人们，因为只有他们才能让我为生命感动，为平凡感动，为一朵山菊花的开放和凋谢感动。

我崇尚朴实的诗歌，亦如崇尚朴实的生命。

（本文为《抵达与返回》所写的自序，2005年8月由中国文联出版社出版）

心灵深处的倾诉

每当整理好一部诗集要出版的时候，心里总是忐忑不安，这些东西也值得拿去出版吗？但出于对自己阶段性写作的回顾与总结，最终还是印刷出来了。从1991年开始发表诗作至今已经整整10年了，但对于诗歌来说自己依然是个门外汉。尽管如此，写诗的情趣却与日俱增，10年来大概写了300多首诗，而且基本上已发表，虽然谈不上句句精彩，但自己读来至少能有一种感动，因为每一首都是自己当时心境的真实表达，同时也是自己心路历程的真实记录。诗歌具有起码的自我安慰作用，也正是基于这一点，我一直坚持不懈地写着，也乐此不疲地读着。

人生中的每一段经历、每一个故事都是一次深刻的生命体验，我写诗只是对这种体验的一种表达。因为往事不堪回首和世事难以预料，我们的生命才显得无比的珍贵和壮美。对于短暂的生命，我们除了用诗歌来表达对它的无限热爱和珍惜，还能有什么别的形式呢？我一直把诗歌作为照耀我生命的阳光和滋养我心灵的雨露，在茫茫的尘世中感到孤独和压抑时，便读诗或者写诗，特别是自己写出的那一首首小诗，都是来自心灵深处最真诚的倾诉。

1998年，对我来说是十分重要的一年。这一年，我从遥远的北疆内蒙古南迁广东省，这无论从地域上、文化上还是心理上都是一个巨大的跨越。这种跨越，使我对生命、故乡、亲情、友情、城市、村庄、贫穷和富裕等有了更深刻的理解和认识。这种跨越，也使我的诗歌中充满了草原、大海、黄土地、城市、乡村、炊烟、海浪这些词汇，所有这些，都丰富了我的人生，灿烂了我的生命。应该说，每一个人从一生下来就在为自己的美好生活而奋斗着，但生活越来越美好，死亡却越来越迫近。在这个世界上，我们最终根本不可能得到具体的什么，正如在巨浪中扬帆的目的并不是为了上岸一样，我们生命的价值和意义也正是在奋斗的历程中得到了彰显。所以，尚未跨入中年的我，就在以一种顺其自然和十分平和的心态来对待人生、对待世界、对待诗歌，我愿意这样平静而多彩地活着。

生命不能永恒，灵魂却可以永恒。作为像我这样的一介草民，生命和灵魂充其量也只能算是一粒微尘，但我还是想努力地做到更好，于自己的前辈有所安慰，于自己的后辈有所交代，于这个世界也算是一种热爱。

这部诗集里的作品，共分为“生命履痕”“梦想村庄”“情世尘缘”和“萍踪心迹”四辑。所谓分辑，也就是大致归一下类，并无什么特别的意义，这些写于1998年至2000年的诗作，是十分平庸和拙劣的，今天出版它，只算是对于我初到广东的一种记忆和怀念吧。

今天中午给女儿过了8周岁生日，看着她活泼可爱的样子，便觉得这个世界上一切都是美好的。我女儿虽然年龄还小，但也是一个喜欢很稚嫩地规划一下自己的人。每年春节一过，她就在日历上查好了自己的生日，阴历、阳历，还有星期几她都记得清清楚楚，甚至要请哪些同学来给她过生日，她都早早地做了规划。就是平时要干什么事，她也会把计划写在本子上，我很喜欢她的个性，我真诚地希望她能描绘好自己的人生。我们成年人，应该永远如孩子一样保持一颗诗心和童心，不管生活多么艰辛，我们应该依然用真诚的微笑来面对。

世事沧桑，人海茫茫。如果你读到了我的诗歌，说明我们有某种机缘，如果我的诗歌能够把你感动，那更是我的万幸。在这个越来越信息化的时代，人与人之间心灵的沟通越来越少，也越来越难，就把诗歌作为心灵沟通的一种形式吧。

（本文为《生命履痕》所写的自序，2000年12月由珠海出版社出版）

纯粹生活

到底能留下多少真正成熟的东西？自己的思想、行为，还有洋洋洒洒写下的那些文字，包括今天呈现在大家面前的这本集子。但无论如何，我在写作这些东西的时候是曾经被生活深深地感动过的，在写作时我汲取了生命成长过程中所需要的阳光和营养，对于一个普通人的写作，我想能有这些就足够了。

我一向是一个比较注重年龄的人，因为不同的年龄有着不同的使命和意义。对于大多数人来说，35岁以前是一个风风火火“包装”自己的阶段，求学、拿学历、评职称、结婚、生孩子、买房子，一切都在辛勤忙于为自己奠定一个良好的经济基础和事业基础，基于这些生存的必需，我也曾忙得汗流浃背、头昏脑涨，在物欲横流的社会中自己也逐渐变得有些世俗和世故，好在自己仍然有一颗鲜活的童心，充满了激情和憧憬，才不至于在高度物化的社会中迷失了方向。40岁应该阶段性地总结一下自己，并为自己确立一个新的起点。40岁至50岁是一个“有所为有所不为”的年龄段；50岁至60岁则是一个对一切基本上都能“看得清看得透，也说得清说得透”的阶段；60岁以后相对来说可以“放牧”一下自己了，包括时间、空间和心灵。其实好多人是来不及想自己为什么活着的，或者还没有想清楚就到了“知天命”的年龄了。所以我一直坚持的生活观就是“天人合一”、顺其自然。

这是我出版的第五本文学作品集，虽然清楚地知道自己读的书太少，也写得拙劣，但我还是由衷地感谢文学，感谢文学陪伴了我整整10年，感谢它作为精神层面的东西为我的青春增添了另一些意义与快乐。因为文学的缘由，我认识了许多朋友，如今他们都在各自的时空里扮演着自己的角色，境遇或好或坏。因为文学的缘由，许多读者也认识了我，他们对我的评价也应该是或褒或贬，对于这一切，我都是深怀感激的。对于文学与写作，我一向是保持一颗平常心，我曾说过，一名作者写出一篇好文章和农民在一块地里获得好收成，和医生做一台成功的手术是没有什么区别的。做人不可能如做文，做文也不可能如做人，作品中是看不出作家的道德的。文学不是救世主，文学拯救不了什么，也毁灭不了什么，我之所以写作，是喜欢用文字来表达自己对这个世界的认知，喜欢用文字来说出自己的欢乐与忧伤。

收集在这本集子里的文章，大部分是我来汕尾这几年写就的，文字是稚嫩的，思想也未必成熟，但在收集录入时我均未做改动，如果改了，或许就看不到以前的自己了。在我常常怀念生活了整整30年的内蒙古准格尔时，第二故乡汕尾同样也有许多东西让我言说不尽，欲罢不能。汕尾是一座濒临南海的滨海城市，这座城市给我的印象是温暖而又伤感。刚来时大街上四处弥漫的海腥味总让我怀念北方辽阔牧野上的烤羊腿，那是一种城市的诱惑和思乡情绪共同笼罩的心态。如今，我已经完全适应了这里的生活，汕尾也给了我一生中许多刻骨铭心的记忆。若干年以后，假若我又漂泊到了另一个地方，想起汕尾，我想我会和现在想起准格尔是一样的，心情惆怅和满眼泪花。

所谓自序或后记，其实大多是与书中的内容无关的，只是作者要表达出一种心境。我们已经与昨天告别，时时又要与今天告别，永远面对着的只有明天，明天的夜有多深，路有多长，我们都是不得知的，但我们依然应该用最好的心境去面对未知的一切。

（本文为《纯粹生活》所写的自序，2002年7月由中国文联出版社出版）

挺住意味着一切

记得青春年轻的诗友们聚会时，总是提起里尔克的那句诗："有何胜利可言？挺住意味着一切。"今天，当我在这样一本书里，以这样一句话来开头，连自己都觉得有点悲悯、有点悲怆、有点悲凉。

不是吗？今天的医生，不仅面临着巨大的工作压力，而且要应对随时可能发生的医疗纠纷，甚至是个别患者及家属的暴力。连医生们都困惑了：难道我们曾经信奉的职业理想，曾经苦苦求索的个人梦想，曾经认为最具价值的社会职业，到了物质社会急剧发展的今天，就是这样的情况和结局吗？

我们不得不呐喊：人们啊？难道在漫漫的人生旅途上就不能彼此多一些理解、多一些关爱吗？

在困惑、迷茫、徘徊、无奈中寻求着真相与本质……

（一）

GDP、小康、高速列车、信息公路、城镇化、同城一体化、国际化、别墅、豪车、奢侈品……当这些词汇和事实大行其道，赤裸裸地充斥我们的思想和生活的时候，人已经完全成了物质财富的承载者，成了欲望膨胀的扩充器。

但生活的另一面却是：众多的品牌幼儿奶粉含有三聚氰

胺；“瘦肉精”猪肉在市场上屡禁不绝；事关人命的汽车轮胎严重造假；地沟油大行其道；诸多行业存在的欺诈顾客现象更是屡见不鲜，如食品安全、商业诚信、生态恶化、道德缺失等。所有这些问题的存在，都是对道德、良知与责任的拷问：难道人类发展到今天，所遭遇的苦难还不足以让我们惊醒和自律吗？

纪伯伦曾经说过：“我们已经走得太远，以至于忘记为什么而出发。”

以追求经济高速发展和生活快节奏为荣的现代社会所滋生出来的缺乏诚信、浮躁、空虚，使人们倍感失落和无奈，从而表现出发自内心地对道德的企盼，对良知的渴望，对责任的呼唤。

在不遗余力、大张旗鼓地推进医疗体制、绩效工资等名目繁多的改革，甚至想通过所谓的“医疗产业”创富的时候，该清醒地认识到当务之急是医务人员价值观的重塑。道德、良知、责任、诚实、同情、正义，没有这些价值结构的调整，其他改革恐怕最终只会成为空中楼阁。

为什么天价医疗费频频出现？为什么医患纠纷非得第三方调解？为什么医患矛盾总是愈演愈烈？为什么“大刀阔斧”的各种改革不能让医务人员和患者都能感受到起码的满意甚至是公平？这里有体制的原因，有机制的问题，甚至可能是文化与传统的问题，但作为医院或者医务人员，我们所能做的就是找准自己的定位，承担起我们应该承担的责任，用自己的实际行动和真实业绩获得患者以及社会的认可与尊重。

为此，作为医务人员队伍里最核心的医生，必须正视现实，正视服务对象，正视自己，通过提升自己的影响力和领导力来改变执业环境，改变病人和家属对我们的认识，重塑良好的职业形象。

（二）

我的童年和少年时代在内蒙古鄂尔多斯高原上的一个小镇度过。

父亲是当地乡镇卫生院的一名医生，我们的家就在卫生院的大院里，很小的时候我就了解了医生的生活并对医生充满崇拜，同时对那些身患疾病的人也深深地充满同情。参加工作后自己有幸从事医院管理工作，怀着对医疗事业的无限热爱，后来又步入医院管理咨询和培训行业。一路走来，我深切地感受到医生这一职业的神圣与伟大，它与百姓的生活是那么的须臾不可分离，与人生的幸福是那么的攸切相关，一个人从生到死，离不开医生的一路呵护与相伴。

令人遗憾的是，时光倒转到21世纪初，医生却处于难以言说的尴尬境地，医疗行业的社会地位和医生的形象开始在公众的心目中大打折扣，医患纠纷和医疗冲突显著增加，患者纠缠医生甚至打伤医生的事件时有发生，本来应该充分信任、密切配合、共同战胜病魔的医患关系反而对立起来，这种局面既影响了患者的治疗效果，也影响了整个医疗行业的发展和医学事业的进步。

在20多年的医院管理实践、医院管理咨询与培训生涯中，我一直在思考一个问题：导致医生今天的处境究竟是什么原因？学习了很久，也思考了很久，医学、医院和医生所处的境地让我深感焦虑和不安。这种局面的形成夹杂着医生技术水平的局限、沟通能力的欠缺、医院管理体系的不规范、政府管理体制弊端、公众固有医疗消费观念的影响以及对医生价值贡献认识不足等诸多原因。一个人要改变一种事实或现状，只能从可控因素入手，一名医生要想获得社会和公众的认可，也只能从改变自己的态度和行为入手。通过不断的学习和总结，从2004年开始至今8年多的时间里，我探索性地在医院里、各种培训班及学术会议上为医生们及医院管理同仁讲授“医生的影响力”课程，旨在通过一些有效的方法引导医生不要抱怨和无奈，而是要怀着积极的心态来认识自己所存在的不足，通过努力改变自己的行为来赢得社会公众的认可，重塑医生良好的职业形象。

（三）

晋代杨泉的《物理论》说：“夫医者，非仁爱不可托也。”唐代名医孙思邈在其名篇《大医精诚》中说：“凡大医治病，必当安神定志，无欲无求，先发大慈恻隐之心，誓愿普救含灵之苦。”宋代名相范仲淹曾发誓“不为良相，便为良医”！作为医生，要慈悲为怀，一心赴救，不计名利，尽心尽责。医学事业是疗救人类心灵的事业，是给人温暖和抚慰的事业，今天，在全力推进医院职业化管理，推崇目标化管理和绩效考核，想方设法建立多元化激励机制的同时，一定不要忘记服务的对象是人，为患者提供充满人文情怀的服务是医务工作者的天职，是医院的天职，是医疗行业的天职。

1936年4月17日，面对蒙特利尔内外科学会的诸位同道，白求恩医生慷慨宣称："让我们把盈利、私人经济利益从医疗事业中清除出去，使我们的职业因清除了贪得无厌的个人主义而变得纯洁起来。让我们把建筑在同胞们苦难之上的致富之道，看作是一种耻辱。" 在当今时代，想要成为一名优秀的医生 ，是需要勇气、责任、奉献，甚至是牺牲精神的，现在比任何时候都需要医生能够恪守道德，通过自己的工作力所能及地体现公平与正义。

早在1848年，马克思在《共产党宣言》中就写道："……它使人与人之间除了赤裸裸的利害关系，除了冷酷无情的金钱交易，就再也没有任何别的联系了。它把宗教虔诚、骑士热忱、小市民伤感这些情感的神圣发作，淹没在利己主义打算的冰水之中。它把人的尊严变成了交换价值，用一种没有良心的贸易自由代替了无数特许的和自力挣得的自由。它抹去了一切向来受人尊敬和令人敬畏的职业的神圣光环，它把医生、律师、教师、诗人和学者变成了出钱招雇的雇佣劳动者。它撕下了罩在家庭关系上的温情脉脉的面纱，把这种关系变成了纯粹的金钱关系。"

《马克思恩格斯全集》说道："技术的胜利，似乎是以道德的败坏为代价换来的，随着人类愈益控制自然，个人却似乎愈益成为别人的奴隶或自我卑劣行为的奴隶。……我们的一切发现和进步，似乎结果是使物质力量具有理论生命，而人的生命则化为愚钝的物质力量。"

今天，作为医生，要做的事情是如何在满足个人和家庭的物质欲望、享受幸福生活、体现个人价值的同时，能够确保坚守基本的道德操守，能够对医学依然充满宗教般的信仰与虔诚。

（四）

应该说，医学技术发展到了今天已经取得了空前的成功，有些疾病甚至通过基因的干预，在出生之前就能得到控制。但如果仅仅是把人体细化为系统、器官、细胞甚至是分子，而忽略了社会人的身、心、灵的完整性，那么作为医生就很可能丧失对生命的敬畏，缺少对人基本的人文关怀与尊重。《管子·内业》曰："凡人之生也，天出其精，地出其形，合此以为人，合乃生，不合不生。气道乃生，生乃思，思乃知，知乃止矣。" 这在唯物主义的方向上朴素地解决了物质和精神的关系。

20世纪科学大师爱因斯坦认为："仅凭知识和技术并不能给人类的生活带来幸福和尊严。人类完全有理由把高尚的道德标准和价值观的倡导者和力行者置于客观真理的发现者之上。"医学是"德行技艺"的高度统一，是超越个体谋生、功利主义的职业价值实现之上的理想人格和现实境遇的完美统一。

梅奥诊所的高管格伦·福布斯曾说："如果你只是宣扬一种价值观，而没有将其融入到组织的运营、政策、决策、资源配置以及文化之中，那么这种价值观也就仅仅是一句口号而已……而患者至上的价值观深深地、广泛地渗透到我们的管理和运营实践中，已然成为梅奥文化的一部分。这正是让我们与众不同的原因所在。"医院管理者在运营医院的过程中，必须在经营管理中渗透崇德、尚学、以人为本、尊重病患的经营哲学，而不是把经济收入、创利能力作为衡量医生价值的标尺，唯有如此，医生在工作中才能不迷失方向。

柏拉图曾经说过："幸福的生活是有德行的感性生活，生活中有两眼甘泉，一眼是快乐之泉，可以比作蜜泉，另一眼是智慧之泉，可以比作清醒剂。人们总是设法将两股泉水混合起来，成为智慧之蜜。在混合的过程中，理性必须居于主导地位。"

有理由相信，随着社会的进步和体制机制的完善，如果每一位医生都能够像撒拉纳克湖畔特鲁多医生的墓志铭所写的那样："有时，去治愈；常常，去帮助；总是，去抚慰。"那么，医生的地位与尊严会得到必然的回归。

（五）

以上的各种问题如何才能解决，理想的结局怎样才能出现，这是一个庞大的社会系统工程，必然依靠制度做支撑和保证，医生作为庞大系统中的一分子，所要做的、所能做的就是持续不断地提升自己的影响力。所谓影响力就是通过相互交流而产生的一种积极互动关系，就是影响他人认同本来不认同的事，做本来可能不会做的事。医生的影响力就是医生凭借自己的专业知识和移情能力对患者施以积极的影响，让患者对医生的价值与服务产生认同，同时患者能够以积极的心态配合治疗和恢复健康的一种交流互动过程。医生影响力的本质是医生要站在患者的立场上有效地帮助患者。在现代社会，医生的影响力直接关系到医患关系的和谐程度、治疗效果和医生本身的价值体现。本书从认识影响力、医生的现实处境、医生的存在价值、医生的营销技能、医生的能力培养、医生的沟通艺术、医生的境界升华七个方面对医生的影响力做了阐释和探讨，希望对医生朋友们提高服务技能和促进医患和谐有所帮助。

在讲授“医生的影响力”课程之后，我都喜欢和听课者进行交流，他们普遍认识到了做一名医生在技术之外的“功夫”，也懂得只有释放自己强劲的影响力，才能真正获得患者的信任，增进患者的治疗与康复，提高医生的职业自豪感。在参加了一些医院的医患沟通模拟会后，我更加坚定了继续进行“医生的影响力”研究和持续讲授“医生的影响力”课程的信心。但目前仍然有许许多多的医生还没有接触到“医生的影响力”这个概念，更没有提升自己影响力的意识，而有些医生甚至连沟通技能都没有培训过。为此，我盼望能有更多的专家参与提升“医生的影响力”的研究，使医生通过提升自己的影响力去改善服务技能，建立和谐的医患关系，提高医疗服务的质量和整体的诊疗水平。

在讲授“医生的影响力”课程过程中，许多医生朋友对课程的内容、结构、讲授形式提出了很好的意见和建议，我已虚心接受并做了大量的修改和更正，在此，对给予此课程和此书出版各种帮助的朋友们表示深深的谢意！

以上随想，是为自序。

（本文为《医生的影响力》所写的自序，2012年5月由广东人民出版社出版）